不謹慎で甘い残像

崎谷はるひ

幻冬舎ルチル文庫

CONTENTS ✦目次✦

不謹慎で甘い残像

✦カバーデザイン＝齊藤陽子（CoCo.Design）
✦ブックデザイン＝まるか工房

イラスト・小椋ムク✦

不謹慎で甘い残像

まだ肌には冷たく感じる風のにおいが変わり、太陽の光がふわりとまるくやわらかくなる。どこからともなく、あまい花の香りや若々しい新芽の息づかいも感じられるようだ。

恋人である羽室謙也《はむろけんや》の住まうマンションのベランダで、三橋颯生《みつはしさつき》は頬にあたる風を感じながら微笑《ほほえ》んだ。

「春がきたなあ」

残念ながらこの時季は、アレルギー持ちのひとにとって地獄の季節となる。冬に猛威《もうい》をふるったインフルエンザが鳴りをひそめたと思いきや、花粉対策にマスクをつけるひとが現れるわけだが、幸いにして颯生も謙也も、花粉症にはなっていない。

おかげさまで晴れた休日には、ベランダで布団を干すのも可能だ。陽射しを浴びてふっかふかになった布団に手を触れた颯生は、室内に向かって声をかけた。

「謙ちゃん、これ、取りこんでいい？」

「あ、お願い。ここの部屋、お昼すぎるといまいち日当たりよくなくなるから」

謙也の返事に「了解」と告げた颯生は、布団をクリーニングの返却時についてきた針金ハンガーで叩いた。即席の布団叩きだ。ひとり暮らしが長いと、あるものでなんでもすませてしまう。

とはいえ、もうすぐ『ひとり』暮らしではなくなるのだが。

「今度のとこ、完全南向きのベランダだっけ？」

ふかふか布団を両手に抱えて部屋に戻ると、奥の収納《しゅうのう》に頭を突っこみ、小物を整理していた謙也が、埃《ほこり》よけに口から鼻にかけて巻いていたバンダナを引き下げる。

「うん。景観の美化でベランダに洗濯物干すの不可、とかのところじゃないから、問題ないよ」

「よかった。浴室乾燥とかって、あんまり好きじゃないから」

「おれも。お日様に当てたいよね、やっぱり」

お互いに目を見あわせてうなずきあったあと、にへ、と思わず笑った。

ふたりはこのところずっとこの調子で、恥ずかしいし、ヘンだとも思うけれども、勝手ににやけてしまうからしかたない。

――颯生、同棲《どうせい》しよ。

てなことを、ぺろっと謙也が言いだしたのは、この年の二月。突然で驚いたし、予想外の申し出だったけれども、颯生はいまさらためらったりはしなかった。

謙也の提案後、ふたりはすぐさま同棲に向けての準備をはじめた。幸いにして、条件にあうもので退去の予定がある物件が見つかり、あとはそこが空くのを待つばかりという状態だ。

「いまの借り主さんの契約切れるの、五月のなかばって、なんか中途半端な時期だね」

「でも春先より却《かえ》って、引っ越しラッシュにならなくていいらしいよ」

正式な引き渡しは一カ月以上さきだが、お互い仕事もあるし、いざ引っ越しでばたつくのはごめんだ。ならばその部屋が空くまえに徐々に部屋の整理をはじめてゆこうと、この日は颯生が謙也の部屋の整理と掃除を手伝うことになっていた。

まあ、気持ち的には、それにかこつけた、お部屋デートのようなものだ。

二月からこっち、颯生はずっと浮かれていると言ってもいい。それでも心のどこかで『ほんとにいいのかな』という声が聞こえるのも事実だ。

「謙ちゃん、ほんとに引っ越してだいじょうぶ？　まだ、東京に戻ってから一年経ってないのに」

「うん？　あ、契約のこと？　べつに問題ないよ。ここ会社の系列だから、社宅扱いで敷・礼金もないし、いつでも契約解除できるし」

颯生の心配を蹴散《けち》らすような明るい顔でにっこりと笑って、謙也はつけくわえた。

「引っ越しの時期も、五月ごろならそんなに忙しくないから平気だよ。いまから準備しとけば楽だし、そもそも、そんなにモノないしね」

だいじょうぶか、とはそういう意味ではなかったのだが、あっさりとした謙也の態度にほっとした。颯生の小さな不安には気づいているのか、謙也はなおも言った。

「楽しみだな、新しいとこ」

颯生は小さな声で「……そうだね」と言うのが精一杯《せいいっぱい》だ。

もともとヘテロセクシャルの謙也はともかく、ゲイにとっての同棲は、結婚と同じくらいに意味が重たい。生活をともにすることで、『このひとがパートナーです』ときっちり決めることに、しりごみをする人間もすくなくない。

颯生が謙也とそういう意味でつきあいだしてから、まだ一年も経っていない。けれど、不思議なくらいに迷いはいっさいなかった。

振り返ってみると、本当にいろんなことがあった。

そもそもつきあうことになったきっかけは、謙也が颯生の元同僚《どうりょう》に『三橋颯生はゲイだ』という悪意のある話を吹きこまれたことだ。好奇心からゲイサイトを覗《のぞ》いた謙也は、引くどころかうっかりその気になってしまったというのだから、笑い話なのか笑えないのか微妙《びみょう》なものだ。

その後、お互いの仕事でテンパったり、昔の男にいらんことを言われてみたり、ちょっとした言葉のいき違いで派手にけんかしたあげく、謙也がしばらく不能になってしまったり、謙也に横恋慕したお嬢さんが出てきたり――と、けっこう濃い数カ月だった。

そしてなにかあるたびに謙也は、誠実な言葉と態度で颯生をしっかり摑《つか》まえてくれた。見た目が派手なせいで、クールで遊び慣れたキャラを期待されることが多かった颯生の、あまえたい願望についても、これでもかというくらいに満たして、あまやかしてくれる。仕事はお互い忙しいけれど、交際は順調。というか、過去の恋愛遍歴《へんれき》のなかで、たぶんもっとも幸せで、夢中になっていると思う。

背の高い謙也は、背中も広い。大きな身体《からだ》をかがめ、収納に頭を突っこんでいる状態の彼をじいっと見つめているだけで、なんだかきゅんとなった。

颯生は無言のまま、収納のうえの棚から段ボール箱をあさる謙也の背中に抱きついた。

「ん？　どしたの？」

「俺、謙ちゃんの肩胛骨《けんこうこつ》、すき」

ぴたりとくっつくと、くすくすと笑う、低くあまい声が身体から直《じか》に伝わる。

「なにそのマニアックな発言」

「いいだろ。なんとなく思っただけ」

照れも入ってぶっきらぼうに言うと、ますます謙也の笑いが大きくなったので、「うりゃ」と脇腹を思いきりくすぐった。

「あ、ちょっと待ってそれ反則！」

颯生ほど敏感ではない謙也だが、さすがに急所は弱かったらしい。おおげさな声をあげて身をよじるから、さらに調子に乗ってくすぐってやると、「やめて、まじやめて」と声をひきつらせはじめた。

「ちょっ、いま荷物、荷物出すから、あぶな……うわ！」

引っ張りだそうとしていた段ボール箱がバランスを崩して転がり落ちる。にぎやかな音をたてて散乱した荷物に、颯生も「あー……」と肩をすくめた。

「ごめん、調子乗りすぎた」

「いいけどね。重いものとかあると危ないから。怪我《けが》ない？」

「ない」

「そっか。じゃあ、散らかしたの颯生の責任だから、片づけるの手伝ってください」

苦笑いで小言を言われ、素直に「はい」とうなずいた颯生は、飛び散ったモノたちのなかに、なにか光るものを発見した。

（あれ。これって？）

段ボール箱から転がり出てきた小物入れ。落下の衝撃で開いた箱のなかから現れたのは、ダイヤのピアス。金具のついた部分はハート型のデザインで、そのセンターには透明な石がはめこまれ、ハートの下部からは小さな石をちりばめた飾りがちらちらとさがっている。

「……女物だよな、これ」

「え？　なに？」

問題のブツをつまみあげ、つぶやいた声は、ふたたび作業に入った謙也には聞こえなかったらしい。じっとピアスを見つめた颯生は、胸の奥でひやりとしたものを感じた。微妙に地《じ》雷《らい》を踏みそうなネタにいき当たってしまったからだ。

(うわ、やだな)

さすがにつきあいはじめのころのように、疑心暗鬼《ぎしんあんき》になったり不安になったりはしない。だがこういう『物証《ぶっしょう》』が出てくると、ふだんは意識もせずにいることがすこしだけ重たく感じるのはしかたがないと、颯生は自分に言い聞かせた。

謙也がもともとヘテロだったのは承知のうえでつきあうことにしたのだし、互いの過去についてや、恋愛観の違いについても、そのときどきで揉《も》めたり話しあったりしてやりすごしてきた。

そもそも収納の奥から出てきた品だ。埃まみれのうえに金属部分がすすけている。すくなくともかなり長い間放置されていたことは間違いない。

「謙ちゃん、これ見て」

「んん?」

振り向いた彼にさりげない顔を装ってつまみあげ、謙也の目の高さに掲《かか》げると、彼もすっかり失念していたようで、驚いた顔をしていた。

「もしかして、まえの彼女の?」

問いかけると、謙也はうなずいた。

「うわ、こんなとこにあったんだ。このピアス、ない、ない、って騒いでたんだよね」

「仙台《せんだい》のころの？」

「だと思う。ここの荷物、あっちから越してきてそのまま突っこんだやつだから」

かつてつきあっていた彼女のことは颯生も聞いていた。

「引っ越しのときに確認しなかったのか？」

「あの時期、速攻で支社たたむことになったんで、売ることになった社宅からの引っ越しも突然でさ。とにかく急いで荷造りしろ、みたいな感じだったし。それに……」

謙也はすこし気まずそうに口ごもった。目顔で「それに？」とうながすと、いやそうな顔を一瞬だけ見せたのち、渋々口を開いた。

「じつは、このピアスなくしたって言ってた直後に別れたんだよね」

詳しく聞いてみると、見つからない、と騒ぐ彼女は「ぜったいに謙也の部屋にある」と言い張り、しかし謙也はそれを見つけられず、微妙に険悪な空気になっていったらしい。

「なんでちゃんと探してくれないの、って電話でも会っても毎回毎回責められてさ。かちんときて、知るかよって言い返して、もうド修羅場《しゅらば》」

「あー……女の子にとっちゃ、一大事だからね」

「でもおれ、仕事終わったあと、夜中に帰ってきて大掃除までして探したのに、そこんとこまったくわかってくれなかったんだよね」

そのけんかの直後に、仙台の町で謙也がたまたまガンダムフェアをやっている書店を発見した。ちょっと見たいと告げたけれど、彼女はそんなオタクな催《もよお》しはいやだの一点張り。

「で、もともと火種埋まってたから、オタク変態きもい、って怒鳴られて、その場で大げんかして別れちゃった。あとになって【もしピアス見つかったら連絡しろ】ってメールだけきてたんだけど、そのまんまになってたんだよね」

遠い目をしていた謙也は、当時の言い争いを思いだしたのか、ちょっとだけ渋い顔になった。颯生が同情の念を示して軽く肩を叩くと、その手を握って力なく笑う。

「連絡しないの？」

「うーん、でももう、あれから三年くらい経つしなあ」

いまさら連絡も変な話じゃないかな。あっさりとつぶやいた謙也に、颯生は思わず問いかけた。

「彼女とつきあってた期間って、どれくらいだった？」

「仙台にいって一年くらいしてから知りあったから、ええと二年かそこら、かな？」

記憶をたどるように小首をかしげ、視線を天井《てんじょう》に向けた謙也の答えに、颯生は胸をざわつかせた。

謙也と颯生が顔をあわせてから、この春でようやく一年。なのにもう同棲にまで話が発展している。展開の速さに、すこしだけ不安を覚えた。

「えっと、その彼女とはいっしょに住んだりは？」

「してないよ。社宅だったから同棲とか論外だったし。そうでなくても、そういう気にはならなかったと思う」

これまた、さらっと言った謙也の言葉に、颯生は目をまるくした。

「え、なんで？　俺よりつきあってる期間、長いじゃん」

自分に対してはずいぶんとあまったるく、ふたりきりではべったりするタイプの謙也だけに、まえの彼女ともそういう感じだったのだろうと思っていた。が、謙也はあっさり「颯生は特別」と言ってのけるから、顔が赤くなった。

「たしかに期間としては二年つきあったけど、そのうちの半分は会ってないし」

「そうなの？」

「仙台にいってからの五年のうち、頭の三年くらいは、いまの比じゃなく、催事の準備とかであちこちの出張に飛ばされてたから。なんかどうも、東京の部長の指示みたいで」

東京出身の謙也が地元でもない仙台支社に五年も追いやられていたのは、新人研修で上司のセクハラを咎《とが》めた際、彼がカツラを着用していたことを衆人環視《しゅうじんかんし》のなかで暴いてしまったことが原因だというのは、以前、聞いた話だ。

幸いにして、支社をたたむころには、その部長は業績悪化の責任を取って、謙也とは逆に地方に飛ばされていったそうだが。

（それにしても、東京から指示してまでって……ヅラの恨みはかなり深かったらしいな）

くだんの部長の執念深さに身震いしつつ、颯生はふと疑問を口にした。

「でも、謙ちゃんそのわりには接客とか催事とか、苦手だよね」

「おれ、たらいまわしの下っ端仕事が多かったんだよ。ほとんど搬入出と設営の係だから、どっちかっていうとディスプレイ業者さんとか、そっちとばっかり仕事してた。だからじつは、宝飾部にいるわりに、ジュエリーそのものより、それを飾るケースとか台とか、トラックのほうが馴染《なじ》んじゃってたんだよね」

道理で、東京本社にきてしばらく、あまりに宝飾の基礎知識のない謙也に驚かされたわけだ、と颯生は納得していた。むろん素直で勉強家の彼は、すぐに本社の仕事も覚えたようだったけれど。

「そんなこんなで、数カ月に一回しかデートできなかったうえに、ガンダム見たいっつったんで、ぶち切れたみたい。もう、街中で大声で怒鳴りあいして、そのまま流れ解散状態で別れたよ」

「あ、なるほどね……」

些細《ささい》な口論から別れ話にいたるのは、よくある話だろう。熱愛関係にあったとか、未練があったというよりは、こちらの心情としては気楽に聞ける話だ。

「でも、謙ちゃん、街中で怒鳴ったりとか想像つかない」

いまの謙也の温厚さと懐《ふところ》深さを考えると信じられないことだが、当時まだ彼も二十代の前半、彼女も同年代だったというから、お互い若くてこらえ性もなかったのかもしれない。

颯生がひとりで納得していると、謙也がおかしそうに言った。

「そう？　おれ、明智《あけち》ってひとには街中でけんか売ったけど」

「あ……」

かつて、颯生が別れた相手に侮辱されたとき、謙也は真っ向からそのけんかを買っていた。意外に強引なところもあるのだな、と感じたことを思いだし、颯生はすこし赤くなる。

だが、あのときの彼にときめかされたことをついでに記憶からよみがえらせ、赤面していた颯生に、謙也はいたって不思議そうな顔をする。

「なんで赤くなってんの？」

「う、うるさいよ」

追及されたのが恥ずかしくて、颯生は顔を背《そむ》けた。あえての意地悪ではなかったようで、謙也は本当に不思議そうだ。心配りも細やかだし、気遣いもばっちりできるくせに、こういうときだけ謙也はいささか鈍いと思う。

（いや、違うか。自分がかっこいいことしてるって、気づいてないのか）

天然で『ひとたらし』な部分がある恋人には、ときどき困ってしまうけれども、そういう彼が好ましいので変わってほしくはない。イケメンオーラ出しまくりの、自意識の強い謙也など、謙也ではないからだ。

（まあ、そういう素朴なとこも好きだけど……ん？）

一瞬色惚《いろぼ》けたことを考えた颯生は、ごまかすように指にぶらさげたピアスを眺めていたが、ちらちらと反射する光にはっと息を呑《の》み、真剣な顔になった。

いささか汚れてはいるものの、石そのものには奇跡的に疵《きず》はない。しばらく部屋の灯りに透かして、あちこち角度を変えてみたあと、あることに気づいて小さくため息をついた。

「謙ちゃん。これ、モトカノさんに連絡してあげたほうがいい気がする」

「どうして？」

きょとんとした顔をして問いかけてきた恋人に、颯生はひきつり笑いを浮かべながら、ピアスをちらちらと揺らしてみせる。

「たぶんだけど、これ、ダイヤ本物っぽいから」

「えっ」

ぎょっとしたように謙也は目を瞠《みは》ったあと、颯生の顔と手にしたピアスを交互に眺め、顔色を青くした。

「う、うそ。それジルコニアじゃないの!?　だって、かなりでかいよ」

颯生は持ってきた鞄から、さっとルーペを取りだして石を検分《けんぶん》した。フリー時代の習慣とかで、彼はこの手の道具を常に持ち歩いている。

「うん、キャラ石ついてるね。クラスはＳＩ……じゃないな、十倍のルーペで見えないから、たぶんＶＳ１かＶＶＳ２のＤカラー。メレはちょっとわかんないけど。それからこの金属の変色具合から見るに、金具《パーツ》の一部は十八金だけど、メインはプラチナだ」

鑑定士資格こそ持ってはいないものの、年中宝石を触っている颯生の目はたしかだ。ＶＳ１か、ＶＶＳ２のＤカラー。ダイヤモンドとしては相当な高ランクということになる。

謙也はぐびりと息を呑み、「い、いくらぐらいする？」とおそるおそる問いかけてきた。

颯生はしばし考えこみ、ざっくりと頭のなかで見積もりをたてる。

「ブツ小さくてブランドロゴとかの刻印ないから、正確にはわかんないけど。たぶん上代で、最低でも五十万くらいする、と思う」

颯生の見立てに謙也はさらに青ざめ、小さくうなった。

「うわ、そっか……そういえば、ピアスについてだけは、血相変《けっそうか》わってた気が……」

別れ話自体はあっさりすんだのだが、ピアスについてだけはその後も何度か【ほんとにないの？】とつっけんどんなメールがきていたそうだ。疑うような口ぶりに謙也も謙也で腹がたっていたし、いくら探しても見つからなかったので【ないものはない】と何度も返事をしたことは覚えている、と彼は言った。

「さすがに別れて数カ月もするころには、あきらめたようだけど。相当大事にしてたんじゃないかなって――」

謙也は説明の途中で、颯生の目が据わっていることに気づいたらしい。彼が途中で言葉を切ると、颯生は皮肉な顔で唇を歪《ゆが》めてみせた。

「うん、まあ、泊まってくとき、きちんとはずして小物入れに避難させるくらいには、大事にしてたんじゃないかな？」

「え？」

薄笑いを浮かべながらひんやりした声で告げた颯生に、謙也が顔を強ばらせた。

「べつに、どういうシチュエーションではずしたかとかまで、詮索《せんさく》する気はないけどさ」

「え、ええと、颯生？」

「女の子が装身具《アクセサリー》はずすっつったら、状況はひとつしかないわけだしさ。まあ、過去の話だろうし？」

とげとげしい声に、謙也はおずおずと顔色をうかがってくる。それを無視したまま、颯生はこのピアスが小箱におさまるまでの状況として、自分のなかで成立した推論――というか嫉妬ゆえの妄想――をまくしたてた。

「ベッドにいくときなんか、半分無意識だろうし？　つっても、ここまですごいの忘れてたってのも、ある意味すごいけどね？」

「もしもし、颯生さーん、聞いてー」

「いちいち言うのうざいだろうけど、っていうか言っちゃってるけど――」

「話の腰、思いっきり折るけど、これはずしたときは寝てないから！」

さしもの謙也もこらえきれなくなったのか、手のひらを見せてすこし強めの口調で大きな声を出す。颯生はぴたりと止まり、謙也はほっと息をついて、「誤解しないでね」と言った。

「そりゃね、つきあってたから、まあ、それなりの関係はあったよ。けど、これはずしたときは、たしか彼女が酔っぱらってべろべろになってたの。で、髪に絡まるってうるさいから、おれがはずしてやっただけ」

「……そんなベタな言い訳を」

颯生は疑わしげに言ったが、謙也は「マジだって」と苦笑した。

「そうじゃなきゃ、こんなもんのなかにほいっといれるわけないだろ」

こんなもん、と言って謙也が見せたのは、使用ずみの電池や、ペットボトルについてきた小さなキャラグッズなど、不要なわりにはなんとなく捨てるのが面倒くさい、邪魔なものばかりのつまった箱だった。

多少冷静になり、あらためて小箱を眺めた颯生は、無意識に身震いした。

よくもこんな雑多なものといっしょで、傷つかずにすんだものだ。ダイヤの硬度は鉱石のなかでももっとも高いが、衝撃には弱い。さきほど落下した際、へたをしたら割れたり、そうでなくとも金具部分が歪んでデザインがめちゃくちゃになっていた可能性もある。

「……なんでこんなとこに、こんなすごいのいれたの」

さきほど、五十万と言ったのは『最低でも』という見積もりだ。ブランドやデザイナー、むろん地金や石の時価にもよるけれど、おそらく販売価格はさらにうえをいくだろう。

さすがに宝飾に携《たずさ》わる人間として、無神経にすぎたことは自覚したのか、謙也が気まずげに広い肩をすくめた。

「たまたま、テーブルのうえにあったんだと思う……おれも、そのときすこし酔ってたし」

だからそのまま、眠っちゃって忘れた。ぼそぼそと告げる謙也に、颯生はあきれを隠さないため息をつき、ピアスをつまんで揺らした。

「謙ちゃん、ふられたのって、オタク趣味うんぬんだけじゃ、ないんじゃ？」

「おれもいま、そう思った」

眉《まゆ》をさげて苦笑いしてみせる謙也に、颯生もまた同じような表情になり、恋人の手のひらにピアスを落とした。

「ともあれ、ほんとにこれ、高額品だから。のちのち揉めるのもいやだし、見つけた以上は処分にも困るだろ。きちんとした箱にいれて、返してあげたほうがいいよ。彼女の連絡先とかわかる？」

「あー、一応。引っ越してるかもしれないけど。あいつも、東京から出向してたから」

あいつ、という距離の近い呼びかたに、一瞬だけ颯生はぴくりとしたけれど、「そうなの？」とあえてさらりと流す。謙也は気づかなかったようで、あっさりと過去のなれそめを口にした。

「うん。仙台にいたとき、契約してたオフィス機器の会社の子で、同じ時期に東京からきたっていうんで親しくなったから」

「ふうん……」

今度の相づちは、自分でもなにか含みがあるふうにしか聞こえなかった。しまった、と顔をしかめた颯生に、謙也は微笑む。

「妬いた？」

「べつに」

急いでそっぽを向いたけれど、嬉しそうに笑った彼に、背中から抱きしめられる。なんだかいたたまれず、颯生はうなだれた。謙也はますますにやにやして、肩に顎《あご》を載せてきた。

「昔話に妬くなって、まえに自分で言ったくせに」

「それとこれとはべつです」

「いいけどね。おれは颯生が妬いてても、かわいいと思うから」

ふふっと笑った吐息が首筋をくすぐる。反射的に首をすくめると、耳に小さくキスをされ、さらに颯生は縮こまった。

「まえに、お嬢さまに迫られたとき、妬いてくんなくて、じつはちょっと寂しかった」

「ばかじゃないの。あれとこれは違うだろ」

「ん？」

「小池《こいけ》さまには、謙ちゃん、まったくその気なかっただろ」

かつて謙也に一目惚《ひとめぼ》れし、いささか見当違いなアプローチをかけてきた小池笑美理《えみり》という女子大生は、箱入りなだけにかなり思いこみも激しく、端から見ても迷惑なくらいに謙也にいれあげていた。だがあまりにもお子様で、謙也にしてみればプチストーカーにほかならず、颯生は妬くというより彼の仕事上の立場が心配なだけだった。

「でも、このピアスのひとは、彼女だったんだろ。昔の話だし、いいんだけど、俺の知らない謙ちゃん知ってるひとだろ。だから、ちょびっと悔しいんだよ」

「ふうん。ちょびっと？」

でれでれしている謙也の頬を、思いきりひねりあげてやる。痛いと言いながらも嬉しそうなので「Mなのか」と冷たく睨《にら》んでやった。めげずに、赤くなった頬をさする彼は、やさしい声でこんなことを言う。

「だいじょぶだよ、颯生のほうがいっぱい、おれのこと知ってるから」

「……そうかな」

「というか、颯生に会ってから、おれの知らないおれを、いっぱい自分で発見しました」

言いながら、颯生のシャツをまくりあげた謙也がするりと腹を撫でてくる。耳のそばにぴったりと寄せられた唇、吐息はかすかに湿り、声もあまくひずむ。もぞもぞと颯生は身じろいだけれど、逃がしてもらえる様子はない。

「た、たとえばどういうとこ」

「ん？　知ってるでしょ。まえにも言ったし」

――おれ、あんなに自分がやらしいって知りませんでした。

つきあう直前のお試しエッチのあと。涙目になりながら、そういう自分が怖かったと言ったあのとき、謙也ははじめての同性とのセックスに面くらい、溺《おぼ》れそうになって不安がっていた。まだ颯生に対しても丁寧語を崩すことはなく、もっと年下らしくて、かわいかった。

夢中で、怖くて、でもやめたくないと颯生にしがみつきさえした。

だというのに、いまではすっかり余裕の態度だ。

「ちょっと。真っ昼間から、なにしようとしてんだよ」

恥ずかしさから何度もはたき落とそうとしたのに、するするとあがってきた手のひらが薄い胸にたどりつき、小さい突起をさっとかすめた。じわんと小さなあまい電流が走って、颯生は唇を嚙む。

「布団、いまならまだ、ふかふかであったかいよね。寝心地よさそう」

耳に嚙みつかれ、息があがる。変わったと言うなら颯生も変わった。こんなに敏感な身体ではなかったはずなのに、謙也に触れられるとどこもかしこも痺《しび》れて、腰が疼《うず》いてしまう。

「ね、寝心地とかどうでもいいくせにっ」

「そうだね、布団はどうでもいい。……あー、颯生のおなか、あったかい」

部屋着にしていたやわらかい素材のボトム、ゆるめのウエストに手を突っこまれた。じたばたしながら肘《ひじ》を摑んで止めようとしたけれど、そこはもはやおなかじゃない、というあたりに謙也の長い指のさきが触れている。下生えのあたりをこしょこしょとくすぐられ、だんだん颯生ものっぴきならなくなってくる。

「まじでちょっと……すんの……？　か、片づけは？」

冗談でじゃれているのかと思っていたが、手つきが本気の動きをみせた。颯生は怒ったふり、謙也は笑いながらの攻防戦だったはずなのに、耳に触れる声がさらにあまくなる。

「あとでやる。しちゃうと疲れるなら、いれないから。颯生のことちょっと触るだけ」

「え、でも、あの、あ」

きゅっと握られて、背筋に痺れが走った。言葉はもはや意味をなさなくなり、よろけた颯生は手近の壁に手をついて身を保つ。無言で首筋まで赤くなり、唇を嚙んでこらえていると、謙也が肩越しに覗きこんでくる。

「いや？　いやなら、しない」

「いまさら、もう……ここまでして放置とか、どういうプレイ？」

振り返って睨むと、ごめんね、と目尻に唇を押しつけられる。知らない間に涙目になっていたらしい。もうすこし首をねじってキスを求めると、やさしく唇が塞《ふさ》がれた。感じさせられながら、背後の謙也の腰を手探りしてみると、そちらはまだ反応していない。

「んー……っ」

キスを続けながら不満の声をあげると、なだめるように下唇を噛まれ、舐められる。乳首をいじる指と、性器をいじる手と颯生の顔を、肩越しにじっくり眺めながら、やさしく笑った。

「ごめんね、触りたいだけ。おれはいいから、見せて。このアングルすっごい、いい」

つきあいが深まってからというもの、謙也には颯生の身体をただいじりたい、というときがままあった。

謙也曰《いわ》く、いれたいとか射精したいという、直球の欲情ではなく、かわいくていじりまわしたい、でもってそれをぜんぶ見ていたい、のだそうだ。

（ああもう、すっげ見てる。見られてる。恥ずかしい）

男の性として、相手を感じさせたいというのはわかる。わかるが、やられるほうとしては、たまったものではない。

「謙ちゃん、どっちがマニアック……」

「おれかなあ？　颯生マニアかも」

長い指にこすられる場所が、濡れた音をたてはじめる。一方的にされるだけの状況や、それをじっと見られることがどれだけ恥ずかしいのか、わかっているのだろうか。

ぶるりと震えて目を閉じると「あ、だめ」と謙也が言った。

「颯生は、こっち見て。目、開けて、おれの顔見てて」

「やだよ、ばか……」

颯生が顔を逸《そ》らそうとしたら「お願い。ね？」と、色っぽい声でささやかれた。胸のなかで十回ばかり『ばか』と繰り返したあと、眉をさげた情けない涙目で謙也をじっと見る。

（なに、その顔）

なかば目を閉じるようにして、じっと颯生を見るまなざしは強い。けれど表情はやさしい。ぎゅうっと胸が締めつけられるようなあまい顔を間近に見せつけられて、噛みしめていた唇は繰り返されるキスにほろりとほどけた。

「あ、だめ、いく、あ、あ、あ」

「ん、いって？　見せて？」

「やだティッシュ、ていうかパンツ穿いたまま……っ、あ、いやだってば、ばか！」

焦りながら颯生が身震いしたとたん、ぎゅ、と握られた。大きな手のなかに溢《あふ》れた粘液は、指の間に染みだしてじっとりと颯生の股間を濡らしていく。

「あはは。ばかとか言われた」

「言うだろ、ばか！」

くすくすと笑いながら余韻を味わわせるように手を動かす謙也の肩を拳《こぶし》で殴った。肩を上下させて息を荒らげ、ぐったりしていた颯生は、汗ばんだ顔を手で覆う。

「もう、下着気持ち悪いから、手ぇ離して」

潤んだ目をしぱしぱさせながら訴えると、濡れたそれでしごくようにしながら謙也が下着のなかから手を引き抜く。その動きに一瞬だけ腰がかくりと揺れてしまい、颯生はますます恥ずかしくなり、赤らんだ涙目でぎろりと睨みつけた。

「あとで覚えてろ……」

「いいよ。なにしてくれるの？」

いまさらとはいえティッシュで手を拭く謙也は余裕な発言で、しかも楽しげだ。腹立ちまぎれに長い足を蹴りつけ、颯生は足音も荒々しく浴室へと向かい、派手な音をたてて脱衣所のドアを閉めた。

ドアの向こう、「拗《す》ねないでー」と暢気《のんき》な笑い声が聞こえ、しばらくは立てこもってやろうと思ったけれど、謙也はすぐに追ってきたあげく、こう言った。

「颯生、手ぇ洗わせて」

「トイレででも洗え！」

「だから、トイレも、このなかでしょ」

言われて気づいたが、謙也のマンションの浴室はユニットタイプでこそないが、脱衣所のすぐ横に洗面台が設置されている。台所の流しでも手は洗えるが、さすがに、精液のついた手をそこで洗えと言うわけにもいかず、しぶしぶ颯生はドアを開けた。

「ごめんなさい。調子に乗りました」

謙也は颯生の顔を見るなり、嬉しいのだか困っているのだかわからない顔で言った。しちゃったことに後悔はないけれど、颯生が怒るのはいやだ、と書かれた顔だ。

そして、彼の手には替えの下着があった。颯生は深々ため息をついて下着を受けとり、身体をよけて謙也をなかにいれる。

洗面台で手を洗う謙也の背後で、微妙に湿った下着の心地悪さにもじもじしていると、鏡越しに謙也と目があった。

「……ごめんね？」

今度の謝罪はちゃんと反省を滲《にじ》ませている。いつまでも怒っているわけにはいかず、颯生は目を逸らした。

「いいよもう。き、気持ちよかったし。でも、恥ずかしかったから、ああいうのやだよ」

ぼそぼそと告げると、謙也がふっと真顔になり、そのままいきなり鏡に『ゴン』と頭をぶつけた。なにごとだと目を瞠ると、広い肩がふるふると震えている。

「ど、どしたの」

「あー、ごめん。いまの颯生、ツボった。で、勃《た》った」

「は!?」

いったいどのへんにツボがあったのかと、颯生はぽかんとなる。その隙をついて、いきなり腕を伸ばしてきた彼に腰をさらうように抱きしめられた。もともと狭い脱衣所は、謙也が振り返ればすぐに密着でき、逃げ場はない。

「やっぱり、していい？」

熱っぽい目は、さきほどよりもよほど本気だ。けれど颯生はきっぱりと冷たく「だめです」と言った。ぐいと端整な顔を手のひらで押し返すと、「えええっ」と不満そうなうめきをあげた謙也はがっかりした顔をした。一瞬、かわいいなと思ったけれど、ここを譲る気はない。

「さっき、覚えてろって言ったよね？　俺。きょうは謙ちゃんちの片づけの日。来週は俺んち片づけるって決めたよね？」

「……はい」

「つうかさっきので疲れたから、しばらくは無理。はい、パンツ替えるから、出てって」

「はぁい」

自分の分の悪さはわかっているのか、謙也もあまりしつこく迫ってはこず、すごすごと引きさがった。だが、微妙に歩きづらそうにしているうしろ姿は、なんだか肩が落ちている。

それがおかしいやら、ちょっと可哀想やらで、颯生はこう告げた。

「……きょうのノルマぶん、片づけたら、ね」

えっ、と振り返った謙也の顔を掴まえ、素早く一瞬のキスをすると、そのまま脱衣所のドアを閉めた。とたん、上機嫌な声で「がんばるねー」とドア越しに宣言してくるから、颯生は笑い崩れてしまう。

いろんな種類の恥ずかしさで火照った頬を手のひらで押さえると、そこはごまかしようもなく、ゆるみきっていた。

＊　＊　＊

いちゃつきつつの痴話げんかから数時間、謙也は颯生のお許しが出る程度にはめいっぱいがんばって片づけをした。

そして夕飯を食べ、埃にまみれた身体にシャワーを浴びるついでに、『がんばったご褒美《ほうび》』を堪能したのだが――。

「あれ……？」

ベッドでうとうとしはじめていた謙也は、腕のなかの颯生がもそもそと起きあがったことで、目を覚ました。

「颯生、なんで着替えてるの？」

身支度をはじめた颯生に問いかけると、てっきり泊まっていくと思いこんでいた恋人は「あした休日出勤あるから」と言った。

「え、ごめん。だいじょうぶ？」

知らなかったとあわてて起きあがると、颯生はしっとりとした風情のある笑みで振り返った。事後の空気に満ちた部屋のなかは薄暗く、あまい倦怠感《けんたいかん》が漂っている。

「平気。午後出して、社長と打ち合わせするだけだから。謙ちゃんは寝てていいよ」

いっぱい働いたから、疲れただろうとやさしく髪を撫でられた。たしかに力仕事は自分でこなしたけれど、颯生もそれなりに手伝ってくれたし、そのあとベッドで疲れさせたのは謙也だ。気だるそうな細い身体を眺め、横たわったまま腰に腕を巻きつける。

「午後からなら、ここから直接いけばいいじゃん」

「ん――……でも、帰るよ」

だだを捏《こ》ねる子どもをたしなめるようなやさしさで言われ、謙也は上目遣いをする。「そんな顔してもだめ」と額を軽く叩かれた。ちぇ、と小さく拗ねた声を出すと、颯生はひそやかな笑い声をたて、腰に巻きついた腕をそっと撫でる。

「あのね、これからしばらく、泊まらないことにするから」

「なんで？　忙しい？」

「じゃなくて、ええと」

めずらしく颯生が言いよどんだ。謙也が起きあがって覗きこむと、薄暗い部屋のなかでもはっきりとわかるほど、赤くなっている。

「いつも、この部屋から帰るときとか、逆に謙ちゃんが俺の部屋から帰るって言ったときとか、すごく残念なのね、俺。寂しいし」

「……うん？」

「だから、いっしょに暮らそうって言われて、すっごい嬉しかったんだけどさ」

長い髪で顔を隠すようにうつむいたまま、颯生はシャツのボタンをゆっくりと留めている。それが照れ隠しなのは、小さく咳払いをしたことでわかった。

「でもなんか、寂しいなあ、と思うときって、すっごい好きだな、とか、思うわけで」

今度は謙也も赤くなった。颯生はとっくにボタンを留め終えたのに、まだもぞもぞとボタンをいじっている。

「だ、だからそういうのも、あとちょっとだから、味わっておこうかなとか……俺なに言ってんのかな。あー！　ばかみたい」

ベッドに腰かけたまま、自分の膝に額をつけるようにして颯生はまるくなった。その姿にも、聞かされた言葉にも、謙也はシーツを握って悶絶《もんぜつ》しそうになった。

（か、かわいすぎて死ぬ）

これだから、ラブ度があがったときの颯生はたまらない。あまったれだと自己申告したくせに遠慮ばかりして、おずおず距離をつめてくる状態にはもどかしさといとおしさをつのらせてきた。けれど、最近ではすっかり壁がなくなったおかげで、謙也は違う意味での苦しさを味わう羽目になっている。

「ていうか、やっぱ帰したくないんですけど」

「やです。恥ずかしい。帰ります」

立ちあがり、ものすごい勢いでボトムに足を通した颯生は乱れた髪を手櫛でさっと整え、上着を着こんだ。その間、いっさい謙也を振り返ろうとしない彼の耳は、やっぱり真っ赤になっていた。

おなかのなかで、もぞもぞとなにかが蠢《うごめ》いているようなむずがゆさと、奥歯がずきずきするような奇妙な感覚を噛みしめる。どうして、ひとを好きになったりときめいたりすると、身体のあちこちがこうもくすぐったいのだろう。

「謙ちゃんは寝てて。送らなくていいから」

「……おれも寂しいのに？」

意識しないまま、ものすごくあまい声が出た。颯生は一瞬振り返り、はにかんだように笑った顔のまま、ふんわりとしたキスをくれる。

「ピアス、モトカノさんにちゃんと連絡しなね」

小言めいたことを言う彼に「はいはい」と笑ってみせると、颯生はキスに腫れた唇をいろっぽく噛んだあと、小さくつけくわえた。

「焼けぼっくいに火とかつけないように。迫られても、ちゃんと逃げて」

「ないって」

「……来週ね」

「ん」

ささやくような声で短い言葉を交わしたあと、謙也は離れがたくて小さな頭に手を添えて引き留め、長いこと唇を独占した。その間じゅう、颯生の細い指は謙也の耳をいじっていて、うっかりするとまた盛りあがりそうになるため、渋々ながら解放した。

「おやすみ」

赤く腫れた唇で口早に告げられて、拗ねたふりでベッドに倒れこむ。ふふ、と小さな笑い声を発して、颯生はそっと部屋を出ていった。

「……あー」

ぱたんとドアが閉まる音がして、謙也は意味もなくうめく。いまごろになってじわじわと顔が赤くなり、ついでに寂しさがどっと襲ってくる。せつなくもあって、胸がちくちくする。けれど、このせつない感じは、けっして悪いものではなかった。

謙也はこうも自分がひとを好きになり、どっぷり恋愛できるタイプだなどと思ったことはない。彼がちょっとしたやきもちを妬いた、ピアスの持ち主である彼女と別れた際の後味も悪すぎたせいか、以後三年近く、颯生と出会うまで色気とは無縁の状態だった。

友人がいれば充分楽しかったし、セックスについても、しなければしないでいいや、という程度でいた。正直それで、さほど困りもしなかったのに、いまでは時間の許す限り、抱きあっていたいとさえ思う。

一般的に、つきあいは長くなるほどセックスはマンネリ化すると言われている。なのに颯生についてては、すればするほどのめりこむ有様だ。ちょっと自分でもどうかな、と思うくらい、ほしくてたまらないことがある。

（だって間違いなく、颯生とやった回数って、マエカノの何人ぶんかを足した回数と張るし）

我ながら、ケモノ具合がちょっと恥ずかしい。ときどき颯生も引いているんじゃなかろうか、と思うのだが、なんだかんだで許してくれるせいで止まらないのだ。

「やっぱ、あれって本当の話なのかな」

うっかり飲みの席で先輩の野川《のがわ》とシモネタになった際、彼は興味深いことを言っていた。

――よく、やりすぎると打ち止めとか言うけど、じつは精子って、出さないでいるほうが出なくなるらしいぞ。劣化して、体内でリサイクルされるってのを繰り返すうちに、弱まるんだってよ。

野川曰く、運動不足になると、あちこち動かなくなるように、人間の身体というのは使用頻度《ひんど》が低い機能については『使わなくていい』という判断をして、休眠状態になるらしい。それは生殖機能についても似たようなものではないか、という話だった。

――だから、やればやるほど、元気になるっつー話もありじゃね？

あくまで酒の席での猥談《わいだん》だ。生物学的なのか単なる精神論なのか、根拠すら定かではない話はかなりの眉唾だと思ったが、謙也はうっかり「なるほど」と感心してしまった。

「いっしょに住んだら、無理させないようにしないとなあ」

もしかしたらの話だが、生活をともにするようになれば、ちょっとは落ち着くのだろうか。帰り際の颯生が言った、寂しさのおかげで思い知るせつなさ。あれを味わうことが減って、互いに慣れて、いまほどにはじたばたしなくなるのかもしれない――。

「……まあ、当面無理そうだけど」

思いだし盛りあがりしている、中途半端な身体にひとりで気まずくなって、ごろりと寝返りを打つ。目の端に、なにか光るものが映った。

「あ、そうだ」

忘れないうちに、これをどうにかしなければ。起きあがり、テーブルのうえにひとまず避難させておいたピアスをつまんで、謙也はため息をついた。

このピアスの持ち主の名は、東海林祥子《しょうじしょうこ》。颯生には言えなかったが、彼女の携帯ナンバーは謙也の電話帳から削除されているものの、メールのアドレスだけは記憶に残っている。

べつに未練があっただとか、そういうことではない。単純に、ものすごく覚えやすいアドレスだったからだ。

「なにしろ、分福茶釜《ぶんぶくちゃがま》、だもんなあ……」

小さいころ『しょうじしょうこ』という名前のせいで、クラスメイトから『しょうじょうじ』――出典はむろん証城寺《しょうじょうじ》の狸囃子《たぬきばやし》だ――と呼ばれていた彼女は、自分でもそれを気に入っていたため、よくタヌキグッズなどを集めていた。メールアドレスもその発想から『bunbuku-chagama』とつけていた。

むろん、何年もまえの話だ。もしかすると携帯そのものをべつの会社に変えているかもしれないし、アドレス変更の可能性もある。ただ、そうなったらなったで、もうひとつ探りをいれる方法がないわけでもない。

「……顧客台帳、調べっか」

仙台支社時代、彼女が母から譲られたという指輪を、ネックレスにリフォームするセミオーダーを請け負ったことがある。支社は撤退したがそのデータはおそらく引き継がれているから、会社のパソコンで台帳にアクセスすれば、とりあえずあの時期の住所と電話番号はわかるはずだ。

いちかばちかでメールを出し、念のため手紙を書いておけば、よしんば引っ越していても転送される可能性はあるだろう。

正直ちょっと面倒くさいけれども、他人の五十万もする宝飾品を、知らなかったとはいえ、見失わせたのは謙也の落ち度だ。さきほどまで、颯生のことを考えて浮かれていたときとは打って変わった渋面で、ぽちぽちと携帯にアドレスを打ちこむ。

「件名は……ピアスの件、でいいや」

【羽室です、ごぶさたしております。以前お話にありましたピアスのことですが、先だって大掃除をしていた際に発見されました。いままで気づかず、大変申し訳ありません。遅くなりましたが、お返しいたします。つきましてはご住所か会社等、ご希望の返送先と、郵送、宅配便等、ご都合のよい返送方法などお知らせください。返信はこのメールにリターンお願いいたします】

いまさらどうメールを書けばいいのかわからず、思いきり仕事モードの文面になったが、この場合はビジネスライクなほうがいいだろう。送信ボタンを押し、謙也は寝支度のために下着を穿いて洗面所へいき、歯を磨いた。

あとは返事がくるかこないかを数日待って、顧客台帳を確認してみればいい。

(これで連絡なければ、しかたない)

よし、寝よう。顔も洗ってさっぱりしたところで寝間着がわりのスウェットを着こみ、ふたたび布団に入ろうとしたそのとき、携帯の着信音が鳴り響いた。未登録のメールが着信したときの音に、どきっとする。

あわててフラップ開くと、画面には【おひさしぶり!】という件名を発見した。

【やっぱり謙也が持ってたんだ。だから言ったじゃない!】

のっけから怒りの顔文字つきではじまる文面に、変わっていないと脱力した。だが、すぐに書かれていた謝罪の言葉に、不快感はさほど長くは続かなかった。

【あの当時は言いすぎて、ごめんね。あたしも若かったし、一方的だった】

あれだけ素っ気ないメールを出したのに、祥子は祥子のペースで攻めてくる。そして謝るときは、案外潔《いさぎよ》い。

「あいっかわらずだなぁ」

もともとこういう、マイペースな女だったな……と思わず失笑したが、メールを読み進めた謙也の顔は、じょじょに微妙なものに変わっていった。

いくつかの昔話についての思い出語りと謝罪のあと、彼女の要求してきたことが、よく理解できなかったからだ。

【ところで、話したいことあるの。返送とかより、会えないかな。いつでもいいので、都合のいい時間教えて】

「もう東京に戻ってきてるから……って、え？　なにこれ」

連絡を待っている、という言葉で締めくくられたメールの最後には、希望の日時が記されていた。だが、肝心の住所は書いていてくれていない。

「会う気、満々……？」

――焼けぼっくいに火とかつけないように。迫られても、ちゃんと逃げて。

からかい混じりの颯生の声がよみがえり、ぶるっと謙也は震えた。もちろん怖いのは颯生のやきもちなどではない。

つい先日まで悩まされた、プチストーカーのお嬢さま、笑美理のことをうっかり連想してしまったからだ。

その気はないといくら言っても、めげずに追いかけまわされた。催事の最中に担当を押しつけられ、エスコートまがいにつきあわされたのはむろん、会社にまで押しかけられたりと、本当にあの時期は神経をすり減らした。おかげであれ以来、謙也は女性からのアプローチというものに、いささか神経質になってしまっている。

（いや、でも祥子の性格は、あんな天然じゃないし、終わりのときもさばさばしてたし）

どちらかといえばあっちからふられた形になっていたのだ。

未練などまったくないはずだ。きっとそうだ。

自分に言い聞かせつつ画面をスクロールした謙也は、だがメール末尾の【P.S.】から続いた文面に、複雑な顔になってしまった。

【連絡くれて、嬉しかった。電話、待ってるね】

その後に続いたのは、ちょっと照れた顔の動画絵文字だ。ぽっと頬を染めたシンプルな顔が、ぱちぱちとまばたきしているそれに、なぜだかぞわっと悪寒《おかん》がした。

「いや、ない、ない。ないから」

またもや女絡みの災難だなんて、冗談じゃない。

ぶんぶんとかぶりを振った謙也は、ひとまず祥子への返信はあしたに繰り越すことにして、布団のなかで小さくまるまった。緊張が身体に表れているのか、さきほどまでふんわりあたたかかった手足が冷たく強ばっている。

(どういうつもりなんだろう)

祥子と知りあったころは、謙也にしてもまだ学生気分が抜けきっていない感じだったし、そこまで真剣なつきあいだったわけじゃない。別れ際は、本当に子どものけんかのようだったし、二度と会いたくない、とお互い思うだろうという程度には、けっこうなことも言われたし、言った。

当時の不愉快な気持ちは薄れたけれど、だからといって、あれだけの大げんかをしたモトカノに会いたいと言われて、嬉しいとは思えない。また、その理由もさっぱりわからない。最悪な状態で終わった恋愛なのに、どうしてこんなにあっけらかんとしているのだろう。

なにより、メール末尾の追伸だ。連絡くれて、嬉しかった。電話、待ってるね。あの言葉に対して覚えた悪寒の理由は、どうしようもない違和感だった。すくなくとも祥子はつきあっていた当時、あんなふうにわざとらしくかわいこぶってみせるような、そんな女ではなかった。

むしろ、あのころの恨み節とかを聞かされる確率のほうが高い。あの祥子が照れたように羞《は》じらってみせるなんて、どうもおかしい。

「女の思考回路って、まったくわかんねえ……」

もちろん女性のすべてがそうとは限らないだろうが時間の経過や物事の経緯、状況などは関係なく、その一瞬の感情ですべてを判断するのだとしか思えない。謙也はうめきをもらし、さらに布団に深くもぐった。

祥子が不機嫌にしろ上機嫌にしろ、どっちであれ気が重い。直接接触するのは、できることなら避けたい。なにかとても面倒くさいことになりそうな、そんな予感がしてたまらない。

(女難はお嬢さまで充分だ。本当に、これ以上は勘弁《かんべん》してほしい)

心からそう願ったけれど、背筋のあたりに這いずる奇妙なざわつきは、それから数時間のちまで、彼の睡眠時間を奪った。

そして残念ながら、悪い予感というのは、得てしてあたってしまうものらしかった。

＊　＊　＊

週が明け、微妙に重い気分のまま出社した謙也は、昼休みも終わるころ、確認した自分の携帯に、またもや数件のメールと着信履歴を発見し、たじろいだ。

メールの受信フォルダを開くと、ディスプレイ一面にすべて祥子のメールアドレスが並んでいる。ざっと並んでいる件名を眺めただけでも、ため息がこぼれそうになった。

【祥子です。電話待ってます】

【まだ仕事中かなあ】

【夜くらいには連絡つく？】

このメール攻撃は颯生が不在の日曜日の間じゅう続いていて、ものすごいプレッシャーをかけてくる彼女の意図がわからず、謙也は非常に困惑していた。

幾度か、返信はした。ピアスは住所を教えてくれればすぐにでも返送する。そう告げたのに、祥子からは『会いたい、電話が欲しい』の一点張りだ。

月曜となった今朝、出勤の準備をする間にもメールは舞いこみ、いま電話はできる状態じゃないと突っ返したのに、あきらめる気配はない。

（なんでこんな、すごい勢いなんだ？　つうか、あいつ仕事どうしてんの？）

いったいなにをそんなに、話したいことがあるというのだろう。別れてからいままでの数年、謙也の携帯電話のアドレスもナンバーも変わっていない。連絡を取ろうと思えば、いつだってできたはずだ。

「わっかんねえ……」

「なにがだ？」

ぼやいたとたん、ひょいと顔を出した先輩社員、野川の太い声に、そういえば会社だったと謙也はあわてて携帯のフラップを閉じた。

「お、なによ羽室。仕事中に、俺さまに内緒の私用メールは厳禁よ？」

「野川さん、厳禁ってそれ『俺さまに内緒』のところに比重かかってません？」

野川は非常に体育会系気質、要するにジャイアンなところがあって、面倒見はいいけれどもちょっかいをかけるのも好きだ。思わず謙也が警戒モードで携帯をうしろ手に隠そうとするけれども、野川の目はますます光った。

「当然。後輩のプライバシーはないも同然」

「ちょっと、やめて……っ」

素早く背後に手をかけた野川に、事務用椅子をぐるんとまわされ、あっという間に携帯は彼の手に落ちた。あわあわともがく謙也の肩をぐっと押さえて、フラップを開く。そこにはメールの受信ボックスが表示されたままだった。

「あれ？　祥子ちゃんって……別れたんじゃなかったっけ」

「そうですよ。けどちょっと用事があって、連絡とったんですっ。返してください！」

入社直後の研修から野川には世話になっていて、支社時代も本部営業の彼とはよく連絡をとりあっていた。おかげで当時の色恋沙汰《ざた》について、幾度か愚痴《ぐち》をこぼしたこともある。

（言わなきゃよかった）

内心でぼやきつつ、ごつい身体で押さえこんでくる野川に必死で抵抗していると、幾度か画面をスクロールしたのち「ほれ」と返却された。

傍若無人《ぼうじゃくぶじん》な野川も、さすがに勝手に文面を見るほど悪趣味ではなかったらしい。

そして祥子からのメールの多さが、この瞬間だけは助かったと思った。

(あ、あっぶね。次の画面いかれたら、颯生のメール満載だよ)

初期のころには、お互い気を遣って事務的な件名でやりとりをしていたけれども、そこは恋人同士だ、ときにはあまったるい話も出る。まして最近では同居に関しての相談のやりとりもしている。

野川と社内でのつきあいはあるが、プライベートで遊ぶほどにまでは親しくないため、引っ越しについては話していない。見られたらなにごとかと突っこまれるのは必至《ひっし》だ。

むろん、会社には義務として引っ越しの申告はするけれど、社内の人間に言ってまわるほど謙也も不用意ではない。

「にしても祥子ちゃん、すげえ件数じゃね？　昨夜からで十通くらい？」

「ええ。いや、じつは昔、うちに忘れてったモノが出てきたんで、返したいってメールしたんですけど……」

「そしたらこのメール？　一日二日でこの量って、なんかこれ、怖くねえ？　鬼電ならぬ鬼メールだな」

冷やかすような野川の言葉に、謙也は顔を曇らせた。それを見て、野川は「ん？」と首をかしげる。

「もしかして、電話のほうもか？」

「数時間おきに着歴が……」

憔悴《しょうすい》したように肩を落とした謙也の顔を見つめた野川は、からかう気配を控え、ふっと眉間《みけん》に皺《しわ》を寄せた。

「あのさあ、たしかおまえ、いま、カノジョいるんだよな？」

こくり、とうなずいた謙也に「それって、まずくね？」と彼は声をひそめた。

「この勢いで電話かけられたら、やばいだろ。なんもなくても誤解されっぞ。うっかり携帯見られたらどうすんだ」

そんな下品なことは颯生はやらないという確信はあったが、謙也は「まずいのはわかってます」と同意した。

「ただ、忘れモノ返してやれ、ってのはおれの、その、カノジョが言ったんで、事情はわかってくれてんすけど」

「そりゃまた、ずいぶん理解のあるカノジョだな」

野川は感心したようにうなずいたあと、首をこきりと鳴らしながら「とりあえず、電話するしかないんじゃね？」と告げた。無責任なことを言う……と一瞬不快になった謙也だが、続いた言葉には説得力があった。

「そもそも、三年近くいっさい連絡なしだったのに、突然これってのはおかしいだろ。なんか事情があるはずだ。ついでに言えば、よりを戻そうって感じには思えねえしな」

「なんでです？」

「たしかに着歴の数とかメールの数はすげえし、必死な空気はわかるけど、メールの件名から受ける印象として、粘っこい感じはしない。なにかに焦ってるのかな、とは思うけど」

もし復縁をねだるのだったり、謙也に対してなんらかの執着があるのであれば、もっと鬼気迫る空気が漂うはずだ、と野川は指摘した。

「メールの件名だけで、そんなのわかります？」

「言霊《ことだま》っつーもんがあるだろ。もともと日本人は、直接喋るより手紙みたいに書いた言葉でやりとりするほうが、感情を伝えられるし受け取れる民族だからな。やばい内容のものなら、それなりの気配っつうか、そういうもんが滲んでくるんだよ」

野川のルックスに似合わない繊細な意見に目をまるくしたが、豪放磊落《ごうほうらいらく》に見せかけて、気配りの細やかな男なのは知っている。そうでなければ、女性相手の多い宝飾部門での営業などつとまらないからだ。

「わかりました。とりあえず夜、電話します。……ところで、なんか用事があったんじゃないんですか？」

すこし冷静になった謙也は、どうにか微笑んでみせながら問いかけた。わざわざ野川が隣の部署に顔を出したのは、冷やかしのためのはずがない。

「あ、そうそうこれこれ。遅くなったけど、目ぇ通しておけよ。『インターナショナル・ジュエリーフェア』の概要、このなかにあるから」

野川が差しだしたのは、封筒に入った催事のガイドブックだった。

インターナショナル・ジュエリーフェアとは、毎年春に有明にある大型展示場ビッグサイトで開催される、日本最大の宝飾展示会だ。

一回の会期で売買される金額は、百五十から二百億と言われている。世界各国から五五〇社が参加し、国内でも千五百を超える企業が出展する。ビッグサイトのホールひとつをまるごと使いきり、総数何千人という宝石商が商談をするという、巨大イベントだ。

出展される商品は製品としてのジュエリーのみならず、ダイヤモンドにサファイヤ、アクアマリンやアメシストなど、各種の貴石・半貴石の裸石。ほかにも工芸品、パーツ部品やルーペなどの道具・工具や大型加工機器、果ては商品開発から販売企画そのものを商品にしている会社など、とにかく宝飾に関連する業種のすべてが集まる。

各社はここぞとばかりにブースで目玉商品を発表し、新規の取引を獲得せんとする。個人の買いつけや、アパレル・通信販売などの異業種バイヤーも参加するが、基本的に業界の人間を中心に招待状が送られるため、来場者は関連企業の社員やバイヤー、宝石商に輸出入の業者が大半となっている。

ちなみに謙也のつとめる時計宝飾会社、クロスローズのような大手ブランドを抱える会社は、買いつけや市場調査のため参加する側となり、出展はしない。

「おまえ去年はまだあっちだったから、参加したことないだろ」

「あ、はい。当時はほとんど地方催事しかいってませんでしたから」

「なるほどな。まあ、とにかくでっけえイベントだし、派手だから、勉強してこい」

はあ、とあいまいに答えながら、ガイドブックや会場見取り図をざっと眺めていた謙也は、じつはすでにこの書類は目を通したのだ、と口に出せなかった。

(颯生んとこで、先週、もう見たんだよなあ)

さらにはこのガイドブックが届く数週間まえには、ファックスでレセプションパーティーの案内が届いているのも発見していた。

——こういうのって、個人のところにもインフォメーションくるの?

——登録したファックスナンバーに一斉送信だからね。

いまどきファックスなんだ、と覗きこむ謙也の表情に颯生は笑った。

——フリーデザイナーで登録してたからね。一度でも来場した関係者には連絡くるよ。

とはいえ、颯生自身は下見と市場調査のために来場するのみで、パーティーに参加したことは一度もない、と言っていた。

ちなみにそのパーティーチケットは、業界関係者であれば誰でも購入権利がある。けれど、基本は業界の親睦会であるため、一般消費者や未成年者には手にいれることはできない。

――俺らみたいな若手は、あんまりいかないけどね。こういうのは大抵、会社の偉いさんとか、ご接待のVIPさんが商談しにいくもんだし。

芸能記者まみれのド派手パーティーに興味はない、と颯生はあっさりいなした。顔の造りはそれこそ芸能人も顔負けの華やかさなのに、表舞台にはまったく興味がないらしい。

（スーツとか、びしっと決めたら、かっこいいのになあ）

ちょっとだけ、華やかな場でおめかしした颯生を見てみたい、と内心思ったことはおくびにも出さず、謙也はすこしの好奇心を交えて問いかけた。

「レセプションパーティーって、やっぱ、すごいですか」

「そりゃね。テレビ取材も入るくらいだし」

会期中には、芸能人や著名人などから『もっともジュエリーの似合うひと』を年代別に選出した、ベストドレッサー賞を発表するという催しがある。その表彰式の催されるレセプションパーティーは、著名人も多数参加し、大変に華やかなものとなる。

「今年はまた、派手だろうな。ベストドレッサー賞に韓流スターだ」

野川の言うとおり、ワイドショーなどでもベストドレッサー賞については大々的に報じられるため、業界にとってはジュエリーの知名度をあげ、宣伝する最大のチャンスだ。

ましてこの年はベストドレッサー賞の男性部門に、韓国・日本だけでなく国際的に有名な韓国の俳優、サム・スンジュンが選ばれていたため、注目度も例年以上に高い。

近年はハードボイルドタッチのサスペンス映画などにも出演しているが、日本での人気に火がついたのは、『恋の奇跡』というテレビドラマのロマンチックなラブストーリーからだ。

ドラマでのサム・スンジュンは主役ではなく脇役だったのだが、ヒロインをやさしく見守り、彼女の恋を成就《じょうじゅ》させるために奔走《ほんそう》し、最後には死に至るというおいしい役柄のおかげで、ヒロインが本来結ばれるヒーローを押しのけ、絶大な人気を得た。現在は『スンさま』の通称で親しまれ、二十代から中高年まで幅広く、女性のファンがいる。

「映画のキャンペーンも絡めて来日してるんですよね？」

「そうそう。日韓英のトライリンガルなんで、日本語でスピーチもするらしいな」

ふたりして覗きこんだのは、招待券にカラー印刷された美形俳優の写真だ。野川はしげしげと宣伝用の小さな写真を眺めたのち、「ん？」と首をかしげた。

「……ちょっとこれ、おまえに似てね？」

野川の指摘どおり、謙也はまれに「スンさまに似てますよね？」と言われることがあった。だが毎度微妙な感情を覚えるため、どうしても眉が寄ってしまう。

「自分じゃわかんないけど、どこが似てるんですか？　こんなぴっかぴかのドハンサムと」

サム・スンジュンは端整な顔立ちに、清潔感がありつつも男の色気たっぷりの美丈夫だ。深みがある美声に、あまい微笑みで女性ファンのハートをとろけさせている。

謙也からすると、自分の顔はスンより数倍あっさりしているし、ここまで垂れ流しの色気など皆無《かいむ》だと思うし、どこが？　と首をかしげるばかりだ。なのに野川は「似てるって」と重ねて言った。

「目元とか鼻筋とか、パーツが似てんだよ。まあ、つっても羽室はここまでがっちり筋肉質じゃねえけど」

この韓流スターの身長は一八二センチとアジア系にしては長身で、彼の肉体美に魅せられる女性も数多い。八つに割れていると言われる腹筋は、同性の目から見ても見事なものだ。

「軍隊経験もあるってひとと、張りあえるわけないでしょう。おれ一般人だし、ひとに見せびらかすような身体してませんよ」

褒められているのはわかるけれども、ナルシシズムとは縁のない、ごくごく平凡な会社員でありたい謙也にしてみると、国際的スターに似てるなどと言われても、尻の据わりが悪いだけの話だ。

ちなみに謙也は、身長こそサムより五センチほど高いけれども、筋肉の量はぜったいに負けている自信がある。そもそもこんな、真っ白な歯をきらっとさせる笑いかたなど、自分にできるわけもない。

「しかし、テレビかぁ。すごいですねえ」

遠い世界だとため息混じりにつぶやけば、野川があきれた顔をした。

「他人事《ひとごと》みたいに言ってんじゃねえよ、おまえだって業界関係者だろうが」

「まあ、そうなんですけど」

謙也の会社もまがりなりにも業界大手であり、テレビや雑誌などで宣伝活動をしたり、取材をされる機会もままある。だがその手の仕事は大半、広報部が請け負ってしまうので、営業企画部の地味なバックアップが多い謙也にしてみると、あまり実感がないのだ。

「つうか、いまさら言うか？　うちの会社だって、新年会だの催事だのは、ホテルのホール借りきってド派手にやってんだろ。それこそ芸能人とか、ゲストに呼んでさ」

「でも、催事はあくまで仕事ですし、新年会もおれ、バックヤードでご招待の方たちの案内してましたんで……」

「そういや、おまえホールスタッフだったよな、ほとんど。もうちっと、派手な場に慣れたほうがいいぞ？」

野川があきれながらぼやいたとおり、謙也の身に染みついた裏方気質は抜けない。パーティーでも『ご歓談』とやらに興じるより、ホテルスタッフとの連携をうまくやれたり、場内を走り回っているほうが気が楽なのだ。

眉をさげて笑う謙也に、野川は首をかしげ、自分の顎を親指でさすりながらなにごとかを考えていた。ややあって、ごくまじめな顔のまま、彼は提案した。

「おまえ、レセプションパーティー、いってみるか？」

「え、だって、チケットの申し込みもう締めきってますよね」

「会社でまとめて買ってんだよ。たまには、招待される側になるのも勉強だ。あまってないか、ちっと広報にかけあってくるわ。どうせその日、会場にはいくんだし、課長にも話つけといてやる」

「えっちょっ、やですよ！　ひとりでそんな場所いって、どうするんですか！」

あわてて謙也は立ちあがったが、思い立ったら吉日の男は、すでに歩きだしていた。

「心配すんな、会社の連中も何人かは参加するから。ああ、一応は正式なパーティースタイルだから、誰かエスコートしたほうがいいかもな。二枚用意してやるから、同伴者、同期のやつでも見繕っておけよ」

「待ってくださいよ、野川さん！」

ろくに参加したこともないパーティーで、しかも裏方ではなく客として振る舞うなど、できるわけがない。おまけに芸能人だのプレスだのがいる、業界でも最大の派手なイベントだ。

「嘘、まじで……？」

真っ青になった謙也の言葉は、野川にはまるで届かなかった。オフィスの真ん中で呆然と立ちつくしていると、追い打ちをかけるように、机のうえに放置していた携帯が振動する。

登録外の人間――つまり祥子からの着信を知らせるそれを、なかばあきらめを持って謙也は取りあげた。

同じころ、颯生は早あがりのための帰り支度を整えていた。日曜午後からの休日出勤を請け負ったので、月曜日の午後を代休に当てたのだ。

空いた時間には役所へおもむき、住民票や印鑑登録などの書類を取ってくる予定だ。ついでに、新生活に必要な雑貨も見てまわろう――と頭のなかで段取りをつけていた颯生に、穏やかな声がかけられた。

「昨日はお疲れさまでしたね、三橋さん」

颯生が現在契約社員として働く宝飾デザイン企画会社・オフィスMKの社長、神津宗俊《こうづむねとし》は、年齢を経てもなお崩れない端整な顔だちに、やさしげな笑みを浮かべていた。

「社長のほうこそ、お疲れさまでした」

「とんでもない。昨日はラーヒリーさんの都合で無理を言って申し訳ない。助かりましたよ」

オフィスMKはオガワ貴石という宝石輸入販売卸の子会社だ。いわゆる『石屋さん』とのつきあいが密接であるため、原石の仕入れから商品企画をたてることも多い。

また神津の個人オフィスであるこの会社では、ブランドコンセプトの企画そのものを提案する業務も請け負っていた。

今回はインドの宝石商であるアディル・ラーヒリー氏の日本滞在期間に都合をあわせる必要があり、休日出勤を余儀なくされた。

打ち合わせの内容は、このところ取り組んでいるプロジェクトのコンセプトについてだ。アジアのなかでも大きなマーケットである日本向けに新ブランドの展開を考えているラーヒリー氏は、日印の共同開発でブランドを立ちあげたいらしい。そして、長いつきあいのある神津は、それに協力を求められていた。

「ブランド名を奥さんの名前から取るというのは、よかったね。『Aish《アイシュ》』か。愛妻家のラーヒリーさんも気に入ったようだったよ」

「アイシュワリヤさん、お名前のとおりきれいな方でしたから。ハリウッド映画に出たインドの女優にも同じ名前の方がいるそうですね」

提案内容を褒められて、颯生はこそばゆくなる。ブランド名についてはラーヒリー氏にこれといった具体案がなく、少々難航していたのだ。打ち合わせを兼ねた昼食の間じゅう、『家内はミス・ワールドと同じ名前で、負けず劣らずの美人だ』と、細君の話をずっとしているラーヒリー氏が、連れ添って二十年の彼女を心から大事にしているのは見てとれた。

シンプルな思いつきだがいっそ、と提案したら、おおいに賛成、とインド商人は満面の笑みを浮かべていた。

「三橋さんのデザインも、ラーヒリーさんのお気に召したようだ。あのあとで、できれば今度、自分たちの工場にもきてほしいと言っていたよ」

「インドの研磨工場ですか？　それは、見てみたいとは思いますが」

ありがたいが、気苦労も多そうだと颯生は苦笑する。

昨日の打ち合わせの最中、インドの第二公用語は英語であるため、神経を遣った。神津はかなり英語力が高いし、颯生にしても日常会話レベルの話であればなんとかなるのだが、ビジネス用語や専門用語が混じってくると、やはり通訳を介さないとむずかしい。また、ラーヒリー氏の英語はかなりインド訛《なま》りも強くて、颯生には少々聞き取りづらかった。

「あのう、その場合、もちろん神津さんもいっしょですよね？」

「はは、むろんです。うちの大事なデザイナーを、アウェーにひとりで向かわせたりしませんよ」

父親のような顔で笑う神津に、颯生もほっとしたように微笑んだ。神津は「そのうちひとりでいってもらうかもしれませんが」と軽く脅かした。

「ともあれ、来月のインターナショナル・ジュエリーフェアにも、ラーヒリーさんは出展なさっているそうですので、その際にもう一度、取引について話を煮つめるそうです」

「わかりました。昨日の話を踏まえて、もう一度提案書、作成します」

ラーヒリー氏はいかにもインドの大金持ちといった、恰幅《かっぷく》のいい中年男性で、鷹揚《おうよう》な雰囲気もあった。けれども眼光の鋭さや、些細な言葉尻に食らいついてくる様子は、さすがに世界でも手強いと言われるインド商人、といった感じだった。

（しっかし、つくづく派手な世界だな）

当初は国内ブランドの下請けデザイナーをやっていた颯生だが、フリーになったあたりから、国をまたにかけた会議や打ち合わせに出る機会も増えた。そもそも神津との出会いの場ともなった『オルカ』というブランドの立ちあげには、フランス人デザイナー、ジャン＝クリストフ・ブルームとやらが絡んでいたし、最近ではラーヒリー氏だ。

言語だけでなく、考えかたや仕事の進めかた、宗教観から根本的に違う人間を相手にする仕事は目を瞠るようなことの連続で、それでも充実感はある。

（もうちょっと、勉強もしないとな）

毎年、市場調査のために訪れていたインターナショナル・ジュエリーフェアにしても、いままでとはすこし違った見方ができるかもしれない、と颯生は自分の成長を嚙みしめた。

「そういえば、あのフェアのレセプションパーティー、神津さんは出席なさるんですか？」

ふと思いだして問いかけると、神津はげんなりしたようにかぶりを振ってみせた。

「つきあいもありますからねえ……正直、ああいった場は苦手なんですが」

いかにも面倒くさそうにつぶやいた神津へ「ご愁傷《しゅうしょう》さまです」と颯生は笑ってしまう。

「でも、もしかするとラーヒリーさんとの話が長引く可能性もありますし。そのときには、三橋さん、代わりに出てくださいね」

「ええ、いやですよ。俺なんかが出席してどうするんですか」

「火野《ひの》さんにもいってもらいますから、だいじょうぶです。名代《みょうだい》として顔を出せば、それでいいので」

押しつけないでくださいよ、と顔をしかめてみせた颯生は、「欠席ってわけにはいかないんですか？」と問いかけた。

「まあ、ふだんなら欠席したところで、たいしたことはないんですがね」

妙に含みのある神津の言葉に、颯生は「えっ？」と声をあげたが、彼は聞こえないふりで話題を変えた。

「さて、三橋さん、お時間は？」

うながされ、颯生は時計の時刻を見てすこしあわてた。役所の窓口業務は夕方までやっているが、颯生の住む街に移動したのち、用事ぜんぶをこなすとなると、いまから出てもぎりぎりだ。

「すみません。ちょっと区役所に用事があるので、きょうはこれで」

「ああ、お引き留めして申し訳ありませんでした。お疲れさま」

ぺこりと頭をさげた颯生は、スプリングコートを羽織り、小走りに会社を出る。

春風が長めの髪をふわりとくすぐった。午後の陽射しがほんのりとあたたかくやさしい。

「ちょっと、まわり道しようかな」

つぶやいて、駅への直線コースではなく、すこし遠まわりになる並木道を選んだ。今年は気候のせいか開花が遅くて、四月になってもその通りの桜はまだ花が残っているはずだ。

盛りをすぎた桜並木は、花吹雪の名のとおりに花弁を舞い散らせ、そこかしこがほんのりと薄いピンクに染まっている。

散歩の楽しさを知ったのは、謙也といっしょに銀杏《いちょう》のきれいな公園を歩いたときだ。あの時期、颯生はいろんなことにいきづまっていて、暗い顔をしてうつむいてばかりだった。

隣にいても、すこしも相手を楽しませられなかった。愚痴ばかりでいらついて——なのに謙也はいやな顔をするどころか、気分転換を申し出てくれた。

あのころまだ、お互いに丁寧語で、探り探りしている時期だった。手をつないで引っぱられて、驚いた颯生に謙也はひたすら気を遣い、却って申し訳なくなるほどだった。

(最近じゃ、こっそり手つないで歩いてるしなあ)

ひと目につかない場所だとか、夜だとか、子どものように手をつなぐことが多い。おおらかでやさしい謙也のおかげで、颯生の尖った神経もかなりまるくなった気がする。

スプリングコートのポケットに突っこんでいた携帯を取りだし、いかにも春の光景を写真におさめたのち、メールを入力した。

【きょうはこれから住民票取りにいきます。買いものにもいくけど、なにか用事ある？】

添付した桜の写真に【きれいだろ】とコメントをつけて送信する。まだオフィスにこもっているだろう謙也に対し、ほんのすこしの罪悪感と優越感を覚えた。むろん正式な休みなので、なんの気兼ねもない外出だけれど、大抵のひとが仕事場に縛りつけられている時間の散策は、ひどく贅沢《ぜいたく》な気がした。

ひらひらと舞う桜の花びらを愛《め》でながら、浮き足立つような気分で歩いていた颯生は、手にしたままの携帯に返信があったことを知る。

「……え？」

淡く微笑んだまま謙也からのメールを開封した颯生は、切れ長の目を大きく見開いた。大事な恋人がよこしたそれは、さきほどの問いかけへの返事でも、いつものような暢気で明るい言葉でもない。

【きょうの夜、遅くなるかもしれないけど、そっちにいってもいいですか？】

どんよりとした顔文字つきの短いメールに、颯生はしばし眉をひそめ、足を止めた。とくに変わったことのない文面だけれど、なにかがおかしい。

（桜の写真はスルー。それに、なんで丁寧語？）

かつてつきあいはじめたころ、おっかなびっくりで接していた時期はともかく、いまのふたりは言葉遣いもぐっとくだけたものになってひさしい。

そして、謙也が丁寧語を使うときは、あまり彼の精神状態がいいとは言えない。すこしまえの話だが、けっこう長引いたけんかの際、慇懃無礼《いんぎんぶれい》な言葉遣いのメールでバトルをしたことがある。とはいえ、ここのところ颯生と謙也に揉めるような要素はなかった。

思い当たる節といえば、例のピアスのことくらいだが——。

颯生はじっとメールの画面を眺めたあと、小首をかしげつつメールを打ちかけて、やはりここは電話だとメール作成画面を閉じた。

事前の打診もなく颯生に会いたいとねだってくるあたり、なにかトラブルが発生したか、へこむようなことがあったに違いない。こういうときは、デジタルな文字よりも声をじかに聞いたほうがいい。仕事中だとは思うけれど、メールをよこすくらいだから余裕があれば出るだろう。

はたして、数コールもしないうちに、謙也は電話をとった。

『……颯生?』

第一声からぐったりとしている。颯生は挨拶《あいさつ》もそこそこに「なんか、あった?」と問いかけた。

『うん。祥子にピアス返すことになった』

「連絡ついたの?」

返事はなく、深々としたため息のみだ。これは完全に落ちているなあ、と心配になったが、謙也は『いま、会社の喫煙室だから、長く話せない』とぼそぼそした声で言った。

「なあ……だいじょぶ？」

たぶんね、と力ない声で答えた謙也の背後から、彼を呼ぶ声が聞こえた。

『ごめん、課長に呼ばれちゃった。とにかく、あとで』

「わかった、夜ね。待ってる」

電話を切り、颯生は小さくため息をついた。どんよりした電話の気配からすると、けっこうな面倒が起きたらしい。

春の突風が桜の花びらをうねらせて、颯生のそばを吹き抜けた。ざわりと揺れた葉擦れの音、そして強い風に押された雲が、うららかだった春の陽射しを遮断する。

さきほどまでの暢気な気分は失せてしまい、颯生は足早に桜並木を通り抜けた。

＊　＊　＊

その日、どうにか定時で仕事を終えた謙也は、待ち合わせ場所へと向かった。

祥子が指定してきたのは、新宿のアルタまえ。歌舞伎町《かぶきちょう》に近いそこは、夜半になるとますますひとが増える。すでに酔いのまわった学生が大声でわめいていて、精神的疲労からの頭痛がひどくなった。

待ち合わせの時間は、七時。だがすでに十五分はすぎている。

（また、がみがみ言われたらいやだなあ）

つきあっていた当時、祥子は五分の遅刻すら許さず、文句を言ったものだった。そのくせ自分はといえば、しょっちゅう三十分くらい遅れてきて、けろっとしていた。

（ああ、やなこと思いだした……）

いっそこの人混みで、見つからなかったらいいのに——と消極的に願っていた謙也の思いは叶わず、ぞろぞろと蠢くひとの波のなか、細い腕がにゅっと突き出るのが見えた。

「謙也、きてくれたんだ！　ありがとう！」

「……どーも、おひさしぶり」

重たい足取りで向かった謙也とは違い、祥子は輝くような笑みを浮かべ、ひさしぶりの再会を喜んでいた。正直、謙也にしてみると笑顔になるような余裕はなかった。なにより、祥子の変わりようにも驚かされた。

三年まえよりも、すこし痩せたようだ。当時に較べて髪も短くなり、眉の形も違う。なにより、いちばんびっくりしたのは、待ち合わせ時間に遅れたのに、彼女が怒っていないことだ。

「突然呼びだしてごめんね。返事もありがとう」

あまつさえ、強引な呼びだしを詫びてくるから、謙也は一瞬反応が遅れた。ぽかんとした顔をする謙也に「なによ？」と彼女は眉をひそめる。

「いや……遅れたのこっちだから。ごめん」

「あはは、いいよ、いいよ。突然お願いしたの、こっちだし」

ブランクの時間などなかったかのように、気取りのない祥子の言葉にもたじろぎながら、どこへいこうかと問いかける。

「とりあえず、夕飯まだだから、なんか食べようよ」

「でもおれ、最近、外食してないし。店とか、あんま知らないけど」

男が下調べしてくるのがあたりまえだ、とかまくしたてられると思っていたのに、祥子はあっさりと「新宿中村屋近いし、そこでいいじゃん」と言った。ますます謙也はとまどい、以前とは違う短い髪をじっと眺めてしまった。なにを言わんとしたのかは気づいたのだろう、祥子が細い肩をすくめてみせる。

「言いたいことはわかるけど、三年経ってあたしも大人になりました。あと、自分の男でもない相手に、図々しい要求しないよ」

「あ、いや、こっちこそごめん」

何年もまえの姿で相手を判断しようとしていたことに気づき、謙也は詫びる。それに対しても、祥子はあっさり「いいよ」と笑うだけだ。

日本のカレーの発祥地とも言われる有名な店に入り、「ビーフカリー」と「インドカリー」を注文したのち、謙也は息苦しさを覚えてネクタイをゆるめる。向かいにいる祥子は、あいかわらずにこにこしたままで、モトカレの姿を眺めていた。

「あらためて、おひさしぶり、謙也」

「あ、うん。ひさしぶり。あの、きょうのきょうで会うと思ってなかったから、ピアスは持ってきてないんだけど」

「わかってる。そんなに緊張しないでよ。って、まあ無理か。自分でも寒い真似したのわかってるから」

じゃあするなよ、という思いは顔に出てしまったのだろう。謙也のしかめ面に祥子は「そんな顔しないでよね」と笑ったが、こちらを咎めるというよりも自嘲《じちょう》が強い表情だった。

「さっきの反応で、当時のあたしが謙也にとって、本気でダメ女だったなあ、っての思い知ったけどさ。自分でもわかってたんで、一回、謝りたかったの」

ずっと後悔してたの、一方的すぎたなって。目を伏せてつぶやく祥子は、あの当時の彼女と別人かのように大人びて、愁《うれ》いすら漂わせている。

三年の時間で、いったいなにがあったのかと思うほどの変わりように、謙也はどうしても戸惑わずにはいられなかった。

「いや、揉めたのはお互いさまだし」

「それでもね、男に対して……っていうか謙也に対しての要求でかすぎたよ。やな女だったなあって。だから、東京に戻ってきてずっと、謝りたいと思ってたの」

「え？　最近戻ったんじゃなかったの？」

「いや、最近。ていうか先週。それで、すごいタイミングで電話あったから、これって運命かな？　って思ったくらい」

妙にロマンチックな物言いに、謙也はひやりとした。テーブルにあったコップを掴み、ごくごくと水を飲んだあと、息を吐くと同時に言葉を放つ。

「――おれ、いま、つきあってるひといるから」

これ以上ないほど、不器用な牽制《けんせい》だと自分でも思った。なにを言われるまえから復縁を拒否するなど、自意識過剰ではないかとも思えた。

だが、もってまわった言いかたをしても意味はないし、女性については誤解の余地などないようにすっぱりしないと、むしろ面倒だというのは、笑美理のときに学んだことだ。

「祥子がどういうつもりで、おれのこと呼びだしたのかはわからない。でも、もし、なにか期待してるんだとしたら応えられないし、ついでに言うと、こういうふうに個人的に会うのも、悪いけど今後、遠慮したい」

謙也の言葉を、祥子は無言で目を伏せたまま聞いていた。テーブルに肘をつき、組んだ指で口元を隠すようにしているから、表情がまるで読めない。

沈黙の合間に、オーダーしたカレーが運ばれてきた。お互い手もつけないまま、黙りこんでいたが、ふっと息をついた祥子がソースポットに手を伸ばす。

「食べようよ。冷めるよ」

「あ、……ああ、うん」

穏やかな祥子に対し、もしかしてさきほどの言葉はスルーされたのかと謙也は不安になる。だが彼女は、きれいなつけ爪をした手でカレールーを掬《すく》いながら、きっぱりと言った。

「心配してるみたいだけど、まだ好きでしただの、もう一回つきあってだの、そんなこと言うつもりはないよ。安心して」

眉を寄せた苦笑いに、やはり自意識過剰だったかと謙也は赤くなる。祥子も同じような笑みを浮かべたあと、スプーンを取りあげて、これまたさらっと言った。

「……あたし、リストラされて戻ってきたの」

「え……」

「支社たたまれて。でも本社に拾ってなんかもらえなかった。理由は、あたしが三十前の女だから」

祥子は大きく口をあけ、たっぷりとスプーンに掬ったカレーを、ばっくりといった。彼女の食べっぷりに、謙也は啞然《あぜん》とする。すくなくともつきあっていた当時、ここまで旺盛《おうせい》な食欲を見せることはなかった。むしろ、そんなに食べないでどうやって身体を維持できているのかと思うくらい、小食だったのだ。

(あ、でもあれって、猫かぶってたのか？)

いまの謙也が対象外だから、気取りもなくなった、ということだろう。それとも、これが三年の月日なのだろうか。なんとも複雑な気分になり、謙也はしばし無言で口のなかのものを咀嚼《そしゃく》していたが、祥子は黙っていなかった。

「いいよね、男は。将来ちゃんと見据えてるって、性別だけで思われて」

ぱくぱくとカレーを口に運びつつ、淡々と彼女は言う。それだけに悔しさが伝わり、謙也は同情せざるを得なかった。

「管理職、目指してたんじゃ、なかったっけ？　本社にも女性管理職の枠、できたって言ってなかったか？」

彼女は彼女なりに仕事はまじめにやっていたし、支社にいるのも研修のようなものだと、自分を納得させていたのを覚えている。だが祥子は「昔の話」とせせら笑うように言った。

「景気がまだよかったころのことだよ。男だってリストラ対象になるのに、なんで女なんかを使う理由があるの？」

激しい口調に、謙也はたじろぐ。ぎろりと睨《ね》めつけてくる祥子の表情は、いままでに見たことがないほど激しく、まるで別人のように険《けわ》しかった。

「女だってだけで、なんでこんな目に遭うのかな？　ひどくない？　ねえ」

「あ、ああ、ひどいと思う。わかるよ」

だいじょうぶ、理解してる、I See.　思いつく限りの言葉が頭をかけめぐる。終身雇用制度がすでに崩壊しかけている現代日本では、祥子の立場は『あしたは我が身』だ。

謙也がスプーンを指に挟んだまま、両手を軽くあげて同意を示すと、彼女は「ふーっ」と大きくため息をつき、コップの水をがぶりと飲んだ。

「ごめん、やつあたり。不況ってやだよね、いろんなことの余裕がなくなって。きょうもじつは、再就職の面接いってきたばっかりだったから」

疲れたような声が哀れに思えた。理不尽な解雇を受けた祥子に対する同情が胸に溢れ、けれど、どこに地雷が埋まっているかわからないいま、不用意なことを口にはできない。謙也はどうにかあたりさわりのない言葉を探すしかなかった。

「わかるよ。おれのいる業種も、不況のあおりは食らってるから」

「謙也のとこも、支社、なくなったんだっけ」

「うん。グループ傘下だけど、実質的には独立してたとこだったからね。おれは……運がよかった。会社側も、ちょっと負い目があったみたいだし」

怪訝《けげん》そうな顔をする祥子に、謙也は自分がなぜ仙台へと入社早々飛ばされたのか、その理由を話した。

「へえ、じゃあ、そのヅラ部長が不当人事を行ってたから、謙也は本社採用ってことになったの？」

「リストラ対象者とか、いろいろ検討してたとき、ものすごく個人的な懲罰《ちょうばつ》人事をしょっちゅうやってるのが発覚したらしい。首切りにはならなかったけど、左遷された。で、あまりに被害者が多いから、うっかり組合にチクられたり訴えられたりされないように、フォローが入った……ってとこらしい」

もっとネチネチ絡まれるかと思ったが、祥子は「なるほどね。因果応報《いんがおうほう》かあ」とうなずいたのみだった。さきほどの鬼気迫る気配は消えたことにほっとして、謙也はおずおずと切りだした。

「あの、ところで……きょうは、なんの話があるんだ？　ピアスのことなら、住所教えてくれれば送るけど」

祥子はカレーの最後のひとくちを含み、目を閉じてゆっくりと嚙んでいた。ごくりとそれを嚥下《えんか》したあとに、あらたまったように背筋を伸ばす。

「じつは、謙也に折り入って頼みがあります。ていうか、謙也にしかお願いできないことなんだけど」

「あ、はい」

つられてこちらもかしこまり、居住まいを正す。いったいなにを頼まれるのだろう。まさか就職の口をきいてくれとか、そういうことだろうか？

（いや、おれ、そんな権限ねえし。そんなことは祥子もわかってるはず……）

ならば、いまさらのこれはどういうことだ。無意識に顎を引き、上目遣いに眺めていると、祥子は手を組み合わせ、ずい、とテーブルに上体を乗りだしてきた。

「インターナショナル・ジュエリーフェア、あるよね。あれのレセプションパーティーのチケット、手に入らない？」

不安に胸をざわつかせていた謙也は、祥子の言葉の意味が一瞬わからなかった。

「……は？」

「謙也の会社、宝飾関係では大手だよね。あたし、どうしてもあのパーティーにいきたいの。一般人はチケット購入不可だし、それにもう売り切れてるし。もう、あと、頼れるのは謙也しかいないの。もうだめだ、って絶望してたところに、連絡くれたのよ。もうこれは運命だと思ったの。ね？　お願い。連れてって？」

あまりにも予想外の頼みに、しばらく状況が呑みこめなかった。目をしばたたかせ、しばし祥子の言った言葉を咀嚼していた謙也は、あえぐように口を開閉させた。

「え、や、ちょっと待って……パーティーいきたいって、いったい、なんで？」

「いいじゃない。理由なんかどうでも」

「そんなわけにいくかよ。だいたい、自分で言ったんだろ。業界関係者以外は、チケット購入資格なんかなくて――」

「だから謙也に頼んでるんじゃないっ」

無理だという言葉は、テーブルをばしんと叩いた祥子の迫力に引っこんだ。その目は爛々《らんらん》と輝き、謙也は覚えず怯んだ。

「試写会もはずれて、空港のお迎えも出遅れて、もうあとはこの機会しかないのよ！　あたしにはこれしかないのっ」

「待て、それっておまえ、もしかして」

「スンさま見たいのよ！　生で見る機会なんか、もうないじゃないのっ」

鼻息荒く言ってのける祥子に、ぐらり、と目のまえが揺らいだ。

一昨日の夜からこっち、いったいどんな深刻な事態になるのかと不安に苛《さいな》まれ、面倒が起きたらどうしようと心配をしていた、その原因が——サム・スンジュン。

必死のメールも、執拗な連絡も、すべては熱狂的なミーハー心のなせるわざ。

「おまえそれって、韓流ファンってやつ？　追っかけかよ！」

「そうよ？」

けろりとした彼女にあきれかえり、魂の抜けそうなため息をついた謙也に、じりじりとしながら祥子はたたみかける。

「ねえ、お願い。ほんとに見たいの。それとももう、業界関係者でも手に入らない？」

いったいどう答えるべきか、謙也は迷った。じつのところ、野川にはパーティー出席を命じられているし、同伴者を見繕えとも言われたばかりだ。そして、定時直前に、チケットは二枚確保できたと知らされている。

「……あるんだ?」

基本的にごまかしのうまくない謙也は、目が泳いだことで祥子に真実を悟られたことを知った。けれど「あ、だめ、無理無理無理無理」とあわてて身体を引く。

「あくまで、仕事のためにいくんだし。そういうミーハー目的なのはまずい」

「謙也の迷惑にはならないようにするから。お願い、ねえっ」

「じゃあ聞くけど、おまえそれ、自分の仕事に当てはめて、そうですかって言えるか? 取引先のひととか関係者がうじゃうじゃいるところに、ミーハー感覚で連れてってくれって言われたら、どう思う?」

いまこの事態が、すでに迷惑だ。内心のぼやきはそのまま顔に表れたのだろう。恨みがましい目をされてもだめだとかぶりを振れば、祥子がぐっと唇を嚙む。

「……そんなの、シミュレートしたって意味ないよ。あたし失業者だもん。わかってて言ったんでしょ」

ああ、地雷を踏んだ。謙也が失敗を悟るより早く、祥子は目を潤ませた。

「クビになってから、ほんとにしんどかったんだもん。ちょっとくらい、楽しい思いしたっていいじゃん。無理なんか言ってないじゃん。迷惑かけたりしないって言ってるのに謙也ひどいよ、冷たいよっ」

「ちょっと、こんなとこで泣く気じゃ——」

「あたしは謙也だけが頼りなのに！」

わっと声をあげて泣きだした祥子に、謙也はどっと冷や汗をかいた。周囲の目がものすごく痛い。勘弁してくれよ、と思い、何度もなだめの言葉を発するけれど、彼女は聞いてもくれない。

（ああ、もう、どうしろっつうの！）

笑美理といい、どうして涙でことを解決しようとするのか。こんなことがたびたび続くようでは、本当に女ぎらいになってしまいそうだ。

「いや、だからさ、……わ、わかった、わかったから。同伴させてもらえるかどうかだけ、訊いてみるから！」

泣き伏していた祥子が、「ほんとに……？」と震える声で肩を揺らす。すくなくとも派手な泣き声が止まっただけでもほっとして「本当だ」と謙也は苦い声を発した。

「言っておくけど、上がだめって言ったら無理だからな？　おれもそこまで権限ないし」

「ありがとう！　謙也、やっぱりやさしい！」

がばっと顔をあげた祥子の顔には、涙のあとはいっさいなかった。「え？」と呆《ほう》けた謙也をまえに、うきうきとしながら彼女は手帳を取りだす。

「よかったあ。じゃあ、決まりね。そうだ、ついでにしばらく泊めてくれない？」

「は!?　なにそれ、冗談だろ!?」

さらにぶっ飛んだことを言いだす祥子がもはや理解できず、謙也は声が裏返えった。だが祥子は自分の言い分の非常識さなどまるでわからない風情で、かわいく小首をかしげてみせる。

「だって、ピアス取りにいくついでだし、いいじゃない」

「なんのついでだよそれ。つうか、なんでおれが泊めてやんなきゃなんないんだよ」

「お金、あんまりないんだもん。いま貯金崩して生活してるし、就職決まるまで、住むとこも決まってない」

「待てよ、そんなんじゃ、履歴書も書けないだろ。連絡先とかどう申請してんだよ」

「一応、実家が連絡先だから。電話は携帯にもらうことになってるし」

「じゃあ、実家に戻ればいいだろ？」

引っかかりを覚えた謙也が問えば、祥子は一瞬言いよどんだ。

「……親は群馬だし、就職は東京のつもりだから、戻るわけにいかないのよ」

ならばどこに泊まっているんだと問いかければ、ネットカフェやマンガ喫茶を渡り歩いているという。かつてつきあった女が、ニュースでよく見るナントカ難民のような真似をしていると知らされ、謙也はなにを言えばいいのかわからなかった。

祥子の言うことはどこかがおかしい。実家について言及した際、微妙な顔をしたのも引っかかる。なにか、家には戻れないわけでもあるのだろうか。

けれど、いまの謙也に詮索する権利はない。彼女に差し伸べる手を持たないからだ。

「とにかく、泊めるわけにはいかないよ」

「どうして？」

「だから言ってるだろ、おれ、つきあってるひといるんだってば」

誤解を招くような行動はできない。常識でわかるだろうと苦い声で言ったのに、祥子は謙也の言葉をまるで理解していないかのように——あえての無視かもしれないが——言った。

「じゃあ会わせてよ」

「はあ⁉　いやだよ。なんでおまえに会わせなきゃなんないの」

「誤解がないように、あたしから言うよ。ちょっとお世話になりますって」

「そんなことしたら、もっと誤解されるだろ！」

ただでさえ、ピアスひとつで気まずい空気を味わったのだ。ここで『本体』が出てくるなんて、冗談じゃない。颯生は気にしないと言っていたけれど、まったく妬いていないわけがないことは、そのあと触れあった肌の震えであきらかだった。

「なんでよ。あんたの彼女、そんなに嫉妬深いの？　いちいち騒ぐようなコドモ？」

祥子が口を尖らせる。謙也はかぶりを振って否定した。

「そうじゃないよ、ちゃんと大人。今回ピアス発見したのもあのひとだし、おまえに返しにいけって言ったのもあのひと」

颯生が謙也の過去についてあれこれ言わないのは、一度やらかした痴話げんかが原因だ。あれ以来、妙なわだかまりを持ったり、仲違いをしたら本当にきついと思い知っているから、お互いに必要以上の詮索はしないし、気をつけているだけのことだ。

「理解あるひとじゃん。だったら——」

「でも、だめ」

祥子がなにか言うまえに、謙也は強く言いきった。

「おれ、あのひとのこと、本当に大事なんだよ。大人で、理解もあるし、怒らないようにって努力もしてくれる。でも心配じゃないわけがない。残念だけど、恋愛についてはいろいろあったせいで、本心から安心しきってくれるようなひとじゃないんだ」

「だってべつに、あたし謙也に未練とかないし」

「そういう問題じゃない」

笑美理の一件があったとき、颯生は最後までなにも言わなかった。ただ疲れている謙也のフォローに徹して、ただただ、あまやかしてくれた。

その彼が、笑美理の事件で「心配じゃないのか」と問いかけた謙也に、言ったのだ。

——信じてるから。謙ちゃんは、ほんとに心が揺れたり、なんかあったら、ちゃんと俺のことふってくれるだろ。

あれは颯生の決意だと思う。

「おれはその信用に応えるために、できるだけ不安に思う要素は、取り除かなきゃいけない。ていうか、おれがいやなの。あのひと心配させたりへこましたりすんのは」

謙也は頑として断った。交渉の余地のない態度に、祥子はふたたび目を潤ませている。

「泣いてもだめ」

冷たく言ってのけると、アイメイクで何割増しか大きく見える眦《まなじり》がつりあがる。祥子も颯生に同じくつり目気味なので、こういう顔をされると般若《はんにゃ》じみてかなり怖い。

「……さっきより派手に泣くわよ」

「それでもだめっ」

「だったら、あんたの会社のまえで大泣きするわよ。謙也のことストーカーしてあんたの彼女つきとめて、あることないこと言いふらすわよっ」

ぞっとするようなことを言われ、謙也は身震いした。いずれも、笑美理がじっさいにやってのけたことと似通っているため、ただの脅しとはいえ恐怖感は倍増だ。

「脅迫すんのかよ！」

「なんでもするわよ、あたし本当にいま、お金ないんだもん！」

身も蓋もなく言ってのける祥子に、謙也は気圧《けお》された。だが負けてたまるかとそっぽを向き、「だったら追っかけなんかやめて、バイトしろ」と返す。

「そうじゃなきゃ実家に戻って貯金してればいいだろ。それに、あのピアスがあるじゃん。

おれの持ってる片方返すし、困ってるなら売ったらどう？　かなり高いものだろ？」

なんなら下取りを紹介するという言葉に、祥子はびくっと震えた。顔色がみるみるうちに青ざめ、いったいなにがあったのだと謙也は驚いたが、固く強ばった顔で祥子は宣言した。

「あれは、売らない。そういうことはしたくないの」

「そんなこと言ってる場合じゃないだろ。現実逃避もいいかげんに――」

「夢が見たいのよ」

地を這うような声の彼女に、謙也は思わず視線を戻したのち、口をつぐんだ。さきほど一瞬見せた、ぎらつくような目のまま、祥子はテーブルを睨んでいる。

「いまのあたし、それしか楽しいことないのよ。スンさまだけが夢なの。日本の男にそんな夢、見られないじゃん！」

異様な気迫が祥子の身体にみなぎっていた。言っていることはめちゃくちゃだけれど、なにか、ここで断ったら彼女が壊れてしまいそうな気がして、謙也は息が苦しくなる。

じっと観察するように見つめた祥子の目元には、隠せない疲労が滲んでいた。

(昔は、典型的なお嬢さん、って感じだったのに……)

わがままだけれど屈託《くったく》がなく明るくて、自分を隠さない女だった。だから謙也に対しての不満も真っ正面からぶつけてきたし、言いすぎて口論になるのもしばしばだった。

幼いところもあるが、天真爛漫《てんしんらんまん》だった祥子に、この三年はどういう変化をもたらしたのだろう。細い身体を覆う翳りのようなものが気になった。

「おまえさ、リストラだけじゃなくて、なにかあったの？」

祥子は答えなかった。食事をしても落ちないルージュが滲むほどに唇を噛む姿を見て、それ以上は追いつめられないか、と謙也はため息をつく。

「パーティーの日まで、でいいんだな？」

がばっと祥子が顔をあげた。そこに、哀願するような頼りなさを見つけてしまえば、もう謙也の言えることはひとつしかなかった。

「……わかった。部屋は貸す。その間、おれはあのひとんちに泊めてもらうことにする」

「謙也……っ、ありがとう、ありがとう！　あのっ、就職決まったら、宿泊費ちゃんと払うから！」

べつにそんなのはいらない、と謙也は告げるつもりだったが、それは祥子の嬉しげな声にかき消されてしまった。

「じゃあ、あしたからお世話になるね！」

「えっ、な、なんであした？　開催まで、まだ三週間は――」

「だってスンさま、来日のついでにあちこちプロモーションなさるんだもの。追いかけなくっちゃ」

さきほどの悲愴感漂う表情はなんだったのだというほど、彼女はうきうきしている。

「光熱費だけでいいから、ちゃんと払えよ……」

自分のおひとよしぶりにうんざりしながら、そう口にするのが謙也の精一杯だった。

＊　＊　＊

十時をまわったころ、謙也は憔悴しきった顔で颯生の部屋を訪れた。その顔を見るなり、恋人の頬にそっと手を添えた颯生は、やわらかい声で言った。

「ぼろぼろですか？　羽室さん」

「身も心も。颯生さん、あまやかしてください」

ぐったりしている謙也を抱きしめ、背中をぽんぽんと叩いてやると、「ふー……」と魂の抜けそうなため息をつく。

「ごはんは？　お茶は？」

いずれの問いにも「いらない」とかぶりを振って、颯生に抱きついたまま部屋へと入る謙也の姿は、つい先日の小池笑美理に振りまわされたときと同じだ。

「……最近このパターン、くせになった？」

返事はなく、謙也はひたすら颯生の首筋に顔を埋めたり、髪に頬ずりしたり、鼻を鳴らしている。動物めいた仕種《しぐさ》で安心しようとする彼を、颯生は拒まなかった。こういうときは好きにさせておくに限ると経験で学んだからだ。

颯生は、へばりついてくる彼氏をなつかせたまま、お湯を沸かし、もらいものの紅茶をこれまたもらいもののティーポットで淹《い》れた。

「謙ちゃん、おやつ食べませんか」

「いまはいい。颯生、膝枕」

「はいはい」

謙也はスプリングコートを脱ぐことすらせず、茶葉が開く間、リビングのソファに座った颯生の膝のうえでべったりあまえていた。大柄な彼が横たわれるほど大きなソファではないので、謙也は床のうえでうずくまっている。

「コート、皺になるよ」

無言で首を振る様子は、まるっきり、大型犬がご主人さまにあまえている図だ。

(うーん、これはへこんでるだけ、じゃないなあ)

むぎゅうと腰に抱きついている謙也の姿は大変かわいいので、颯生としてはぜんぜんかまわない。けれど、眉間に皺をよせているその表情は、落ちこむと言うよりなにか考えこんでいるように思えた。

いらないと言われたので、颯生は自分のぶんだけお茶を注ぎ、謙也の頭を撫でながら、用意しておいたお菓子をかじる。謙也はきつく目を閉じていたが、あまったるいにおいにもそもそと頭の位置を変えた。

「……おやつ、なに？」

「チョコレートブラウニー。火野さんが作りすぎたからって、おすそわけされた。あと、お茶はインド直送のやつ。おいしいよ」

颯生の同僚でもある火野はスイーツ大好きを公言する女性で、自身も手作りおやつにはまっているらしい。まだお子さんはいないため、旦那さんとふたりでは食べきれないぶんを、会社に持ってくることがままあった。

「食べたい」

いいよ、と笑いかけたのに、謙也は颯生の膝のうえから頭を起こそうとしない。首をかしげた颯生が顔を覗きこむと、なんだかむくれた顔の彼氏は「あ」と口を開けた。

「……あまえすぎじゃないですか、羽室さん」

「だから、あまやかしてくださいってお願いした」

開き直っている謙也に苦笑しながら、チョコレートブラウニーをひとくちサイズに割り、口のなかに放りこむ。ひとかけ、ふたかけと続けて食べさせると、もごもごと口を動かした謙也はあまいものを食べてすこし血糖値があがったのか、ようやく身をおこしてコートを脱いだ。

「着替えて、お茶飲んで。この時間だし、もう泊まっていくだろ？」

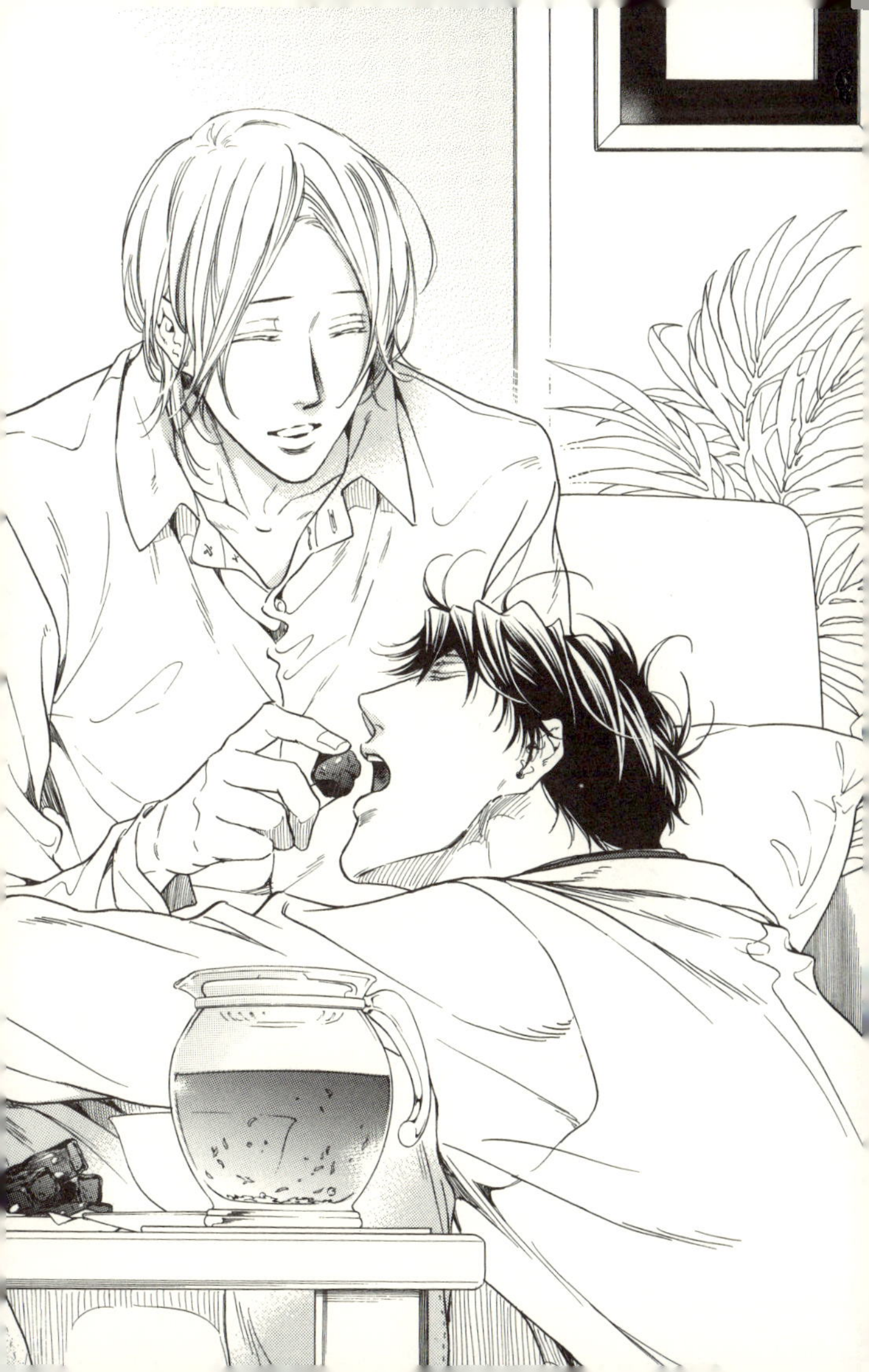

謙也は「ん」と疲れた顔でうなずいたあと、がっくりと肩を落として颯生に詫びた。

「なんかおれ、あまったれ癖ついてきた。ごめん」

「いいよ。へこんでる謙ちゃん、かわいいし」

くすくすと颯生は笑い、謙也が無造作に脱ぐスーツの上着をハンガーにかけるというサービスまでした。

「それに、俺が謙ちゃんあまやかしてあげるのは、ちゃんとあまやかしてもらってるからだし。一方だけよっかかるのは違うだろ?」

「でもさ……ここんとこ、おれのあまえ率高くない?」

「そのうち、利息つけて取り返すからいいよ。お兄さんにあまえておきなさい」

いつものスウェットを渡してやると、のろのろと着替えた謙也が眉をさげた情けない顔で振り返る。その眉を指先で撫でてやると、しがみつくように抱きつかれ、頬がぴったりとくっつけられた。

「やさしい颯生お兄さんに、お願いがあるんですが」

「うん? なに?」

「……インターナショナル・ジュエリーフェア、終わるまで、泊めてもらっていい?」

謙也の髪を撫で梳《す》いていた颯生の手が、ぴたりと止まった。引き剝がされるのをおそれるように謙也は腕の力を強くしたけれど、颯生が「謙ちゃん?」と静かに名前を呼ぶと、叱られた犬のような顔でおずおずとこちらをうかがってくる。

「泊めてあげるのはいいけど、事情はちゃんと話すよね？」

すでに二カ月後には同居がはじまる。だというのに、これから三週間もの間、ずっと泊めてほしいとこの時期になって言いだすからには、しっかりきっちり説明してもらわなくては。

無言の微笑みで圧力をかけると、謙也は「説明します」とうなだれた。


「颯生に心配させたくないから、いやだって言ったんだけど……」

祥子と会ったこと、その場での会話の流れと、泊まることを了承したため、謙也は家に帰らないこと。

ふたり並んでソファに腰かけ、謙也はすべてをつまびらかにしてくれた。

「なるほどねえ……」

正直に話してくれて嬉しいとも思うが、颯生はやはり、微妙な顔にならざるを得なかった。泊めるのはやぶさかではない、むしろいっしょにいるのは嬉しい。事情はおそらくのところは理解した。でも、なにかが引っかかる。

「えっと、謙ちゃんに質問。なんでそこまで面倒みる必要があんの？　自分ち追いだされることまで、許しちゃったのはどうして？」

謙也はたしかにひとのいい面もあるが、颯生の知る彼は、意志薄弱なおひとよしタイプではない。笑美理のときのように、仕事絡みで身動きが取れないだとか、なんらかの理由がない限りは、自分のいやなことを断る気概《きがい》はちゃんとあるのだ。

それだけに不可解だと告げると、謙也は眉間にぎゅっと皺を寄せた。

「うーん……なんか、祥子がやばそうで」

颯生が「うん？」とうながすと、「ただのカンだけど」と前置きして謙也は考え考え、言葉を口にする。

「たしかにリストラとか、いろいろ言ってたけど。なんか、すっげえ痩せてたんだよね。あと、どこがってんじゃないけど、言葉の端々に変な違和感があった」

「……ほかにもなんか、ありそうってこと？」

「うん。素直に言うような女じゃないんだけど……まあ、それはどうでもいいんだ」

どうでもいいとはなんだ。そこが本題ではないのかと目で問えば、謙也は颯生をじっと見つめた。

「おれは、よけいなこと勘ぐられたくなかったんだよね」

「どういうこと？」

「……カノジョに会わせろだの、ストーカーするだのって、脅された。それで、あることないこと言いふらす、って」

颯生はひゅっと息を呑み、謙也の顔を見つめた。

「本気じゃないと思いたい。でもいまの祥子だと、そういう情報を摑んだら、どう使うかわかんない。颯生に迷惑かけることになる可能性もある」

「そ、そういう子なの？」

「まえはそうじゃなかった。ただ……いまはあいつ、ちょっとおかしいし。夢が見たい、って言ったときの顔、相当思いつめてたから」

めずらしくも苦い顔をする謙也に、颯生はなにも言えなくなった。

「金がないなら、それこそあのピアス売ったらどうだって言ったら、すごい剣幕《けんまく》だったし」

あれはなんだろう、と謙也が首をかしげている。颯生はいま聞いた情報だけで判断するのはむずかしいと思いつつ、推論してみる。

「もしかして、大事なひとからもらったものなのかも」

「かもね」

「……心配？」

厳しい表情をする謙也に問いかけると、ふっと息をついた彼は颯生を抱きしめ、肩から腕をやさしくさすってきた。

「あのね。正直言っておれは、紹介してもいいんだ。祥子にばれてもかまわない」

むしろ自慢したいくらいだと謙也は微笑み、そのあとふっと真顔になった。

「けど颯生はいやだろ？　噂になったらどうしようって、どっかで思っちゃうだろ？」

問われて、否定もできずに颯生は目を伏せる。

謙也とつきあうきっかけが、まさにその悪質な噂話だった。ゲイだというだけでなく、上司と不倫した、とまで言われていると聞かされたときは、頭に血がのぼった。

さして広まることもなかったその噂は、あくまでただの誹謗中傷《ひぼうちゅうしょう》として終わった。話を吹聴しようとした藤田《ふじた》という男が、下世話なゴシップ好きで周囲からの信用もなかったうえに、颯生と反目していたのは知られた話だったからだ。

「藤田もリストラされたし、あんなの誰も信じてなかった。でも颯生、ものすごく傷ついてたよね。まあ、半分はおれのせいもあったけど」

「べつに、そんなことは……」

ない、とは言いきれなかった。謙也にその話を切りだされたあと、誤解が高じて傷ついたのは事実だったからだ。

すべてわかっているというように、謙也は颯生の髪を梳いた。

「いまは神津さんの会社で落ち着いてるし、あんな話もう忘れられてる。でも颯生によけいな心労、かけたくないんだ。だから、本当に信じてるひと以外には、言わずにいる」

おおらかな謙也は、颯生のことを友人の一部にも打ち明けずみだ。むろん、ひとを見て判断しているそうで、学生時代の親友や、信頼のおける人間に限った話だ。誰彼かまわず、ということではない。その判断については、颯生も信じている。

「そのうちでいいけど、おれのともだちにも、会ってやってよ」

何度か、それとなく打診されているけれど、颯生に勇気がなくて首を縦に振れないでいる。

「……ごめん。まだ、踏ん切りついてなくて」

「いいよ。おれが美人だ美人だ言うから、だったら会ってみたいって言ってるだけだし。あ、でも好奇心とか興味本位とかじゃないよ？　ただ、あんまり出し惜しみするから『脳内彼氏か』って言われただけで」

「下世話なこと考えるひとたちじゃないのは、わかってるよ。……ていうか、美人てそれが、恥ずかしいっつーか……」

堂々ノロケる謙也に対し、本物を見せろと冷やかしてくるらしい。いくらなんでも脳内彼氏はないだろう、と颯生は力なく笑った。

「でも颯生、おれ、引っ越したらあいつらに住所教えるよ。ぜったい遊びにくるな、とか、言わないよ」

「……うん」

「ちゃんと紹介するから、紹介されてね？」

閉じた環《わ》のなかで完結するのではなく、つながりをきちんと拡げたいという謙也の言葉に、颯生は目元がじんわり熱くなった。

恋人を紹介するというそれが、無理にヘテロの恋愛パターンをなぞらせようとしているわけではないことは、理解している。

さらっと切りだされた同居について、いろんなことを話しあったとき、謙也がこう言ったからだ。

——あのね。もしもだけど……もしもおれにさ、颯生が知らないとこで、なにかが起きたとするでしょ。病気とか、怪我とかさ。おれ、そういうときは、颯生にいちばんいっしょにいてほしい。

——でも颯生のこと、おれの知りあいに紹介してないと、連絡もできない。

「言ったよね？　おれはね、おれの居場所のまん中に、颯生がいてほしい」

「……うん」

彼だけのうしろぐらい秘密ではなく、謙也の所属するコミュニティのなかに、颯生を招きいれようとしてくれている。それでいて急かすつもりはないという言葉が、胸に染みた。

（なんだかなあ。やっぱり俺、あまやかしてもらってる）

ちょっと落ちこんだ日、面倒の起きた日、そうでなくてもわかりやすく『あまやかして』とスキンシップしてくるのは謙也のほうがたしかに多いかもしれない。だが、もっと大きい部分で、彼はまるごと颯生を抱えこんでいる。

どうしてもこの恋はマイノリティのもので、隠すほうが面倒がすくない。摩擦を減らすにはそのほうがいいと、どこかであきらめていた颯生の手をとって、謙也はいつも明るいほうに歩いていこうとするのだ。

肉まん片手に、銀杏の落ち葉を眺めながら、散歩したときのように。なんでもないよ、だいじょうぶ、と。

「じゃあ、引っ越し祝いの、ホームパーティーでも、しますか？」

ほんのすこしの不安を照れ笑いに隠して、颯生は言った。たったこれだけのことを切りだすのに、かなりの勇気がいった自分のことを正しく謙也は理解して、うやうやしくやさしいキスをくれた。

「じゃ、颯生のともだちも呼ぶ？」

「……ゲイばっかになるけど、いいかな」

「いいよ」

チョコレートのにおいが残る、あまい唇をひとしきり堪能して、目を見あわせたとたんにため息が出る。つらさや重さを逃がすためでなく、胸がいっぱいになって思わず漏れた吐息だった。

体温を感じる距離、抱きしめあう感触が、ともにすごすたびに馴染んでいく。それがとても、嬉しい。

「でも、そのまえに引っ越し準備……三週間はできなくなっちゃうわけですが」

「ああ、そういえばそうだった」

「忘れないでってて。まあ準備については、あとでなんとかするから勘弁ね」

祥子のことを思いだし、ふたり揃って苦笑いを浮かべた。よりによって面倒な時期に面倒なことが起きたものだと思いつつ、颯生はふと疑問を覚えた。

「ところで、なんで連絡ついたの？」

「ああ、住所録は消してたんだけど、メールアドレス覚えてたから」

一瞬の間があって、謙也はなにが怖かったのか、ひくりと顔をひきつらせる。

颯生は表情だけはさして変わらず「へぇ」と穏やかな相づちを打った。その穏やかさにこそ焦ったのか、謙也は口早に言いつのる。

「ち、違うからね。ちょっと特徴的なメアドだったから覚えてただけで」

「焦ることないだろ。だいたい、べつに言い訳しなくてもいいのに、なんでそんな、必死なんだよ。まさか未練があるんじゃないだろ」

「違うってば、ほんとに。だって分福茶釜だから！」

颯生はじっとりした目で謙也を見ていたけれど、そのあとすぐに小さく噴きだす。表情のどこにもいやな緊張はなく、謙也は目に見えてほっとしたらしかった。

「嘘だよ。からかっただけ」

「やめてよ……颯生、怒ると怖いんだから。心臓に悪いよ」

「怒ったら誰でも怖いですよ。それに祥子さんの話ばっかして、俺、拗ねそうなんだけど」

「……ごめん」

うなだれた謙也の表情がこらえきれず、くすくすしながら頰を軽くはたく。

「だいじょぶ、ちゃんと信じてるから」

ごめんね、と謝ったのに、むっとした謙也は「お返しだ」と細い身体を抱きしめた。

「そういうこと言うひとには、マーキングしてやる」

「え、け、謙ちゃん？」

謙也は驚く颯生の襟元《えりもと》をくつろげ、いきなり鎖骨と首筋の際に吸いついた。

「こら、だめだって言ってるだろ！　見える！」

キスマークを残すのは社会人としてあまりよろしくない、と颯生はいつも拒んでいた。だが謙也は、所有印のひとつもつけたくなるのは、颯生がしょっちゅう、このきれいな鎖骨を見せびらかすような服を着るせいだと言う。

「だいたい、颯生の服は胸元空きすぎなんだよ」

春になってあたたかくなったぶんだけ、露出は増えている。いかにも不満げにぼやいた謙也に対し、颯生は顔を赤くして眉間に皺を寄せた。

「お、男が胸元見えたからって、なんだっていう――」

反論の言葉は、謙也の手が胸元で怪しげな動きをしたことによって途切れた。薄い胸の小さな突起を、きゅんとつままれ、あまつさえ「颯生のエッチな胸が見えたら、なんだって？」などと意地悪なことまで謙也は言う。

「あ、そうそう。夏になっても、グリーンのVネックのサマーセーター、外で着ないでね」

「な、なんでだよ、あれ気に入ってんのに」

「おれは最初、あれにくらくらしたの。だから隠して」

いつだと問いかけそうになって、去年の夏に決まっていると気づいた。まだ謙也と出会ってやっと一年、二度目の夏はこれからだ。

「だ、だってあのころまだ、こういうんじゃ、なくて」

「でもおれ、ばりばりに意識してたよ、颯生のこと」

颯生にしたところで、謙也についてはひとり勝手に、心のアイドルとして愛でていただけだ。たしかに一時期、妙に挙動不審《きょどうふしん》ではあったけれども、対象外だと決めつけていたから、そんなことにはまったく気づかなかった。

「首筋露出するし、いいにおいするし。お色気度あがって、ほんと困った。ブラクラでパソコン吹っ飛ばす程度には、理性失ってたし」

「勝手に困るな！　ていうかそれは、俺のせいじゃなくて、ただの好奇心……っ」

「好奇心の対象が颯生なんじゃん。責任逃れすんなってば」

腕を摑んで押しのけようとし、肩や背中をひっぱたくのに、謙也の悪戯《いたずら》はどんどんエスカレートする。感じさせようとしているのではなく、ただじゃれついているだけなのはわかるけれど――わかるだけに、感じてしまいそうな自分が悔しく、颯生は足をばたつかせた。

「お願いだから、おれのまえだけにして。颯生、アンダー着ないから、うっかりかがむと乳首見えそうだし」

「なっ……」

「ね、ほら、これ」

いつのまにか襟元のボタンは三つはずされ、そのあわせに指を引っかけられて、胸を覗きこまれた。「エッチでかわいい」などと、からかうように笑って言われて、颯生はどう言えというのだろう。

「外で見られたらだめだよ？　ここ、おれの専用でしょ」

「ばか言うのもたいがいにしなさいっ」

恥ずかしさにますます素直に言うことを聞く気にはなれず、ぷいっと顔を逸らす。

「じゃあ、見られないようにマーキングする」

謙也はさらに抱きすくめ、いやがらせのようにあちこちにキスを落とした。抵抗していた颯生も、次第にその犬じみたキスに笑いだしてしまい、攻防戦はただのじゃれあいになっていった。

「ちょっと待って、そこ顔、ていうかそれじゃ内出血に……あー！」

頬にぶちゅうと吸いつかれ、大笑いして困って怒りながらも、颯生は謙也の広い背中を抱きしめる。謙也もむろん笑っていて、腹筋の振動に、お互いの身体が揺れていた。

「……あのね、颯生」

「んん？」

「祥子のことで迷惑かけるのは、ごめん」

「いいよそれは、謙ちゃんのほうが大変で――」

「うん、でもさ。……お泊まり三週間は、ぶっちゃけ、浮かれてます」

こっそりと耳打ちされた言葉ですべてを許すほかなくなり、言葉につまった颯生はほんの意趣返《いしゅがえ》しに、謙也のスウェットをまくりあげ、脇腹に思いきり、嚙みついてやった。

＊　　＊　　＊

奇妙なきっかけから仮同棲がスタートして、十日が経過した。

いままで何度もお互いの家に泊まったりはしたものの、十日間ずっといっしょに生活するというのは話が違う。なにより、謙也も颯生も、家族以外と暮らすのは、はじめてだ。

いろいろ準備を重ねてきたとはいえ、緊張もするし多少の心配もあった。だが、謙也にとってはおおむねのところは颯生に言った言葉のとおり、浮かれた気分が大きかった。

しかしながら、いざその仮同棲と踏みきってみたところ——思い描いたような『あまい生活』とはほど遠い現状が、謙也を待っていた。

「……野川さん、おれ、帰りたい」

「奇遇だな。俺も帰りてえよ」

ときは春、四月といえば新卒の採用。そして決算に棚卸《たなおろ》しという、強烈な化け物が謙也の目のまえに立ちはだかっていた。

本来ならば数十人ぶんの席がある会議室の机には、台帳とパソコン数台、商品写真と書類などが山積みになっている。

商品台帳のコピーに定規《じょうぎ》をあて、処理案件をひとつずつ潰していた謙也は、げんなりとしながら隣にいる先輩社員へとぼやいてみせた。

「つーか、おまえんとこ終電何時？」

「十二時二十三分です……」

そして時計の示す時刻は、すでに深夜十一時近い。現在、がらんとした会議室には、謙也と野川の姿しかない。終電の早い人間から、ぽろりぽろりと歯が抜けるように消えていき、残ったのは比較的近場に住んでいる謙也たちだけだったからだ。

基本的に、百貨店などの店舗に卸す商品の在庫管理などはコンピューターシステムで一括管理されていて、倉庫担当者や経理部門の仕事となる。出納帳もコンピューターに入力さえすれば、集計もなにもかもきっちりこなしてくれるので、さほどの手間はない。

問題は、謙也の関わっている宝飾部門催事担当班の棚卸しだ。基本的に商品は現場直行持ち込み、直売となるため、切られる伝票はすべて手書き。もちろん、後日専用ソフトに入力して管理もするが、どうしようもない『誤差』を処理するのは人力でないとむずかしい。

「うあーっ、出た、紛失品！　ちくしょう、やっぱり漏れてた！」

「こっち、この間の『水野《みずの》さま品』じゃないですかね……あ、部長また勝手に値切ってた」

ふたりそろって呪わしい声を発したのは、在庫管理上の金額とじっさいの取引額にずれが生じていたものを発見したからだ。

大型催事の場合、同じブランドの商品を売っても、どの百貨店の外商が誰を連れてきたかで、契約上の取り分を決める掛け率や値入率が違ってくる。

むろんその場の値引きもあるため、取引先の仕切りはあちら、大卸はこちらと、上代価格に対して変数を入力しなければならなくなる。

そしてその変数はあまりに煩雑《はんざつ》なうえに、催事で販売する点数自体は、店舗のような全国展開のものと較べると少量になるため、最初からコンピューターの管理システムには組みこまれていない。

よって、書類をつけあわせ、手計算で率を上げたり下げたりと帳尻をあわせたのち、再処理をする必要が発生し——要するに、大変に面倒でややこしく、鬱陶《うっとう》しい作業をこなさなければならないわけだ。

そして、謙也と野川がグロッキーになるには、もうひとつの理由があった。

「去年も思いましたけど、なんでうちの会社、五月決算なんですか」

「決まりだからだろ」

「どうして新卒の研修や指導で、昼間は時間ぜんぶ取られるって時期を、棚卸しにぶつけるんですか」

「俺に言うな！　おまえは本社勤務まだ二年目で、まともな棚卸しはほとんどはじめてじゃねえかよ。俺はこれを十年やってんだ、十年！」

ものすごい勢いで煙草を吹かす野川は、二時間ほどまえ、会議室に貼られた『室内禁煙』の紙を腹立ちまぎれに破り捨てていた。どうせ居残っているのは謙也と野川のふたりだけであるし、朝には煙もにおいも消えているだろうと開き直ったからだ。

「昔はタクシーチケット出たから、みんな朝方までやってたんだけどなあ……」

遠い目になる野川のぼやきを背に、謙也はひたすら伝票のつけあわせをし、電卓を叩く。どうにか帳尻のあったものを、再度管理表に入力しなおす作業だけはアルバイトや新卒にまかせることになるのだが、数字を読めない人間に頼むとなれば、入力しやすく理解しやすい書類にしておかねばならない。

ケタひとつ、入力欄ひとつ間違えただけでも、おそろしい結果になるからだ。

「羽室、時間まずいだろ。あがれ」

顎をしゃくって時計を示した野川の言葉に、時刻を確認すると、もう十二時すぎていた。最寄りの地下鉄は徒歩三分だが、場合によると途中下車で、一駅歩く羽目になるだろう。

「あ、やばい！　あっ、でも片づけ」

「どうせあしたも同じ作業だから、このままにしとく。会議室に鍵かけりゃいいから」

うろたえるよりさきに野川に話をしめくくられる。お言葉にあまえて……と、身支度をはじめた謙也は、コートを手にかけたところで問いかけた。

「すみません、じゃあ、おさきに……野川さんは、まだ残るんですか？」

「もうちっとやって、タクシーで帰る。いざとなったら、泊まる。まだやることあるしな」

春の辞令で役付になった野川は、面倒な雑務以外にも、新規プロジェクトのスキーム作成も平行してやらなければならないそうだ。人選もある程度は自分でできるらしく、責任は重いがやりがいはある、と言っていた。

「企画あがったら、おまえも引っ張り込むから、楽しみにしとけ。いつまでもバックアップでいられると思うなよ。支社にまわされてたぶん、いままではだいぶ手加減されてたけど、この間の催事で適性も見られてたからな？　おまえ」

そんなもの見てくれなくていい、と泣きたい気分になったけれど、いざ決定したら従うほかにない。

（まあ、リストラ対象になるより、百倍ましだ）

そう思えたのは祥子の話を聞いたことも大きい。なんだかんだと、謙也は運がよかったのだろう。

「なんとか、がんばります」

「おう、がんばれ。……っとそうだ、羽室、これ」

野川は、いま思いだしたとばかりにポケットを探り、洋封筒を取りだした。

「例の、レセプションパーティーの招待券。二名さまぶん」

「あ、そ……そうですか」

できれば忘れたままでいてほしかった……と謙也は内心思った。

祥子を連れていっても平気かと問いかけた際、野川は「いんじゃね？」とあっさりしたものだった。

――IDチェックはあるだろうけど、同伴者についてはそこまで厳密じゃねえだろ。

芸能人やVIPがくるのに、そんなのでいいのかと疑問にも思ったが、接待も兼ねて客を連れていく場合もままあるらしい。

「セレブ見学、楽しんでこいよ。派手でおもしれえぞ」

「野川さんは、いかないんですか？」

問いかけると、いまはスキームの作成で手一杯で、そんなものに出ている暇はないという、身も蓋もない返事があった。

「ともあれ、プロジェクトが無事動きはじめて、俺が催事担当班から抜けたら、間違いなく後釜はおまえだからな」

「わー……、小池さまみたいなひと、もういないといいなあ」

ようやく解放されたいまとなっては笑い話だけれど、あれはじっさいの仕事より、気苦労のほうが大きかった。疲れの滲む顔で笑ってみせた謙也に、野川がふと眉をひそめる。

「なんですか？」

「いや……なんでもない。こっちの杞憂《きゆう》だろ。ああ、あしたもよろしくな」

気をつけて帰れ、と手を振ってうながす野川に、謙也は妙なものを感じた。無神経なくらいストレートな物言いをする男が言いよどむとはめずらしい。気にはなったものの、終電の時間だと追いやられては、それ以上の追及はできなかった。


「……ただいま……」

謙也が颯生のマンションにたどりつくころには、深夜の二時をすぎていた。

うっかり終電時間を謙也のマンションに向かう路線で記憶していたが、仕事に気を取られていたため、地下鉄に乗りこんで方向が違うと気づいたのが一駅め。あわてて引き返したものの、すでに颯生の部屋へ向かう電車はなく、何度かの乗り継ぎのうえ、三駅まえのターミナル駅からタクシーで帰宅する羽目になった。

遅くなるから寝ていていい、と告げてあったので、部屋は真っ暗だった。合鍵を使ってなかに入り、音をたてないようにそろそろと移動する。

疲れきって喉が渇いたため、まずは水でももらおうと台所に向かう。冷蔵庫に常備されているミネラルウォーターをがぶ飲みしていたところで、奥の部屋から小さな声が聞こえた。

「……謙ちゃん？」

「ごめん、うるさかった？」

「いや、さっき寝たばっかりだから」

ひっそりした声で会話を交わしつつ、ペットボトルを手に、颯生の寝室に向かう。といっても、２ＬＤＫの間取りが広く感じられるよう、仕切戸をはずしてリビングと寝室を間続きにしているため、じっさいには同じ空間の端と端、数歩の距離だ。

「お疲れさま。遅かったね」

寝入りばなの颯生の声は、とろんとあまくかすれている。謙也は起きあがろうとする彼を手のひらで制してベッドに腰かけ、さらさらの髪を梳いた。

「棚卸しだから。たぶんあしたもこんな感じだけど……起こしてごめんね」

ううん、と颯生はゆるくかぶりを振った。

「もともと、夜型だから平気。謙ちゃんこそ、身体はだいじょうぶ?」

「うん、もう木曜だし。あしたいっぱい頑張れば週末だから、だいじょ……」

言いかけて、なにかが胸にこみあげ、謙也は言葉を切った。

「どしたの?」

フットライトだけをつけた部屋はほんのりと薄暗いけれど、夜目に慣れると表情も読み取れる。こちらを案じる颯生は、ちょっと眠そうで、ほやんとしていて、そしてとても穏やかなやさしい顔をしていた。

「……ごめん、幸せ噛みしめた」

もともと、颯生に惹かれた最初の理由は、その凜と気の強そうな美貌だった。同年代の同性に、こんなきれいな男がいるのか、とうっかり見惚《みと》れた初対面のとき、その彼に、とても大人で、かっこいいひとだと憧れた。

なのに、そのかっこよくて強い颯生が、ぜったいに他人のまえでは気を抜かない彼が、こんなに無防備になって、目のまえでとろとろしている。そしてこれからは、これを毎晩見つめることができるのだ。

「なんかこう、日本のお父さんがなんでがんばるのか、わかった感じがした」

「……謙ちゃん壊れてない? どうした?」

さすがに心配になったと起きあがる颯生をぎゅうっと抱きしめて、肌のにおいを吸いこむ。

眠りかけていた身体はあたたかくてやわらかく、ふわりと鼻腔に漂う颯生の香りに、謙也は背中を強ばらせ、唐突に抱擁《ほうよう》をほどいた。

「ど、どしたの？」

「いや、なんでもない。シャワー浴びて、寝るね。起こしてごめん」

なにがなんだか、と目をまるくしている颯生に愛想笑いを浮かべ、謙也は早々に浴室へと逃げこんだ。つくづく、部屋が暗くてよかったと思う。情けない前屈みの状態を、悟られずにすんだからだ。

それもこれも、しかたがない。なにしろ颯生の部屋に寝泊まりをはじめてから、すっぱりあちらのほうはお預けになっているのだ。そもそも、この十日間で、颯生と会話できたのは一日にせいぜい三十分がマックスという、想定外の事態になっていた。

「時期が悪かったよな……」

初日は祥子への部屋の引き渡しと、最低限の荷物の運び出しで時間を取られて終了。

二日目はそれらの片づけに追われ、三日目は颯生のほうが残業で遅かった。

四日目からは謙也の会社の新人研修がスタートし、それにくわえてここ数日の棚卸しのおかげで毎日午前様だ。

しょっぱなから、倦怠期の夫婦もかくやというすれ違い生活で、しかも激務にすり減らされ、あまい触れあいなどひとつもない。さきほどのハグが、たぶんこの十日でいちばん颯生に触れた時間が長かった。

（うんまあ、寝ぼけ顔見られて、幸せだけどさ）

フィジカルなほうの欲求が枯れるには、謙也は若すぎる。まったく会えなければ我慢もできるけれど、すぐそこにいるのに触《さわ》れないというのは、拷問《ごうもん》だ。かといって、こんな深夜に颯生を叩き起こしてつきあわせるような真似は、さすがにできない。

「いててて」

けっこうな張り切り具合のそれを持てあましつつ、手早く服を脱ぐ。シャワーを浴びる最中にもいっこうに萎《な》える気配はなく、いっそ自分で処理してしまおうかと思った。

「無駄に元気だなあ、おまえ。ほんと無駄……」

だが、同棲相手のいる部屋でソロプレイというのもむなしいにもほどがあり、謙也は自然におさまるのを待つことにした。

ともあれ、あと一日で休日だ。そこから仕切り直して、もうちょっとこう、同棲っぽいことをしてみたい。隣に座って、あまったるい感じで、ひさしぶりにきっちり、おいしいものでも作って食べさせてやりたい。そして、そのあとは当然、颯生をばっくり食べたい。

「……あー、颯生とやりてえ」

もう、泣くまでいじめてかわいがって、ぐっちょんぐっちょんにしちゃいたい。

「っつーか、あのかわいーお尻のなか、一日じゅう、いれっぱなしにしたい……」

疲労のあまりぼんやりしていた謙也は、自分がなにを口走っているのかも、そしてその声がかなり大きいことすらわからずにいた。

ましてや、挙動不審な謙也を気遣った颯生が、浴室のドアの向こうで赤くなったり青くなったりしていることも、むろん気づけはしなかった。

＊　＊　＊

翌日、颯生と謙也はまるっきり顔をあわせないまま仕事へと向かうことになった。

深夜まで残業したにも関わらず、謙也は朝から出社していき、あのあと寝つけなくなった颯生は、みっともないことに寝坊をしたからだ。フレックス出社がOKの職場だからどうにかなったが、社会人として失格の態度なのは間違いがない。

(最悪だ)

寝付きが悪かったせいで、その日は一日、注意力が散漫になってしまった。

むろん、仕事中はあらぬことを考えるひまもなく、新ブランド『Aish《アイシュ》』の件とその他の通常業務に追われていた。だが、ふと気を抜いた瞬間、ドア越しに聞いたどこかぼんやりした謙也の声を思いだし、無意識に赤くなってしまう。

(ちょっともう、なにこれ)

謙也とは、それなりに濃いセックスもこなしてきた。あっさり爽やかそうに見える彼が、意外なほど性に対して積極的で、貪欲ですらあることも知っているし、もっと具体的でろこつなことを言われたり、要求されたことだってある。

いまさらあんな程度の言葉でうろたえるのはおかしい。そう思うのに、茫洋《ぼうよう》とした声でつぶやいていた謙也の声が耳から離れず、一晩中煩悶《はんもん》していた。

しかし、口走った当人は、さっさと颯生のベッドの隣に敷いた客用布団へともぐりこみ、颯生を悩ませていることも知らずにあっという間に眠りについた。だからよけい腹立たしいのだ。

（なんか違うくない？　同棲しようっつってんのに、なにのっけからセックスレス状態なんだよ。つーか、あそこまで言うなら襲ってくりゃいいだろ！）

「やりてえのが自分だけだと思いやがって……」

「……え？　なにか仰《おっしゃ》いました？」

無意識のままつぶやいていた颯生は、背後の席にいた火野が首をかしげたのに気づき、さらに顔を赤くした。

「あ、いえ、なんでもないです！」

「そうですか？　きょう、三橋さん、ずっとお顔も赤いし……遅刻するくらいだから、やっぱり体調悪いんじゃないですか？」

「いや、だいじょうぶですから、ほんとに」

ひとのいい火野に気遣われれば気遣われるほど、いたたまれなさが増して顔が火照ってくる。どうすればいいのかと内心困り果てていたところ、救いの神は内線電話で現れた。

『三橋さん、いま、ちょっと社長室にきていただいてよろしいですか？』

「あ、はい、すぐうかがいます！」

神津からの内線に、いそいそと颯生は立ちあがった。社長室、といっても同じフロア内にある隣室だ。常にドアは開かれていて、ノックをするのは一応の礼儀でしかない。

「三橋さん、どうぞ。そちらにかけてください」

「失礼します」

応接用のソファを勧められ、恐縮しながら颯生は腰かけた。目のまえのテーブルには、企画書や報告書などが広げられている。

「社長……ここで仕事しちゃ、来客のとき困るから、だめですって言ってるじゃないですか」

「いや、はは。めったに来客もないしねえ。まま、ともかく、報告がありますから」

神津はきっちりしているようで、案外散らかし魔なのだ。一応の秩序はあるらしく、ぐちゃぐちゃに積まれている、ということはないけれど、放っておくと書類がどんどん部屋を浸食してしまう。

「そこのいちばんうえにあるデザイン、これがラーヒリーさんのイメージにあっていたそうです。やはり、ゴージャスなのがお好みのようですね」

「やっぱりですか」

エスニックなイメージで、ゴールドパーツを多用した、いかにもインドジュエリーといった雰囲気のそれを示され、颯生は苦笑した。

世界有数の金消費国と言われるインドでは、精緻《せいち》なデザインよりも、とにかく派手さが好まれる。宝石についても大ぶりなものが人気だ。

そうしたデザインが好まれる理由には、世情も背景にある。南アジアや中東など、古くから戦争や民族紛争が頻発《ひんぱつ》し、情勢が不安定なことの多かった地域では、通貨や紙幣の価値があっという間に失われる。それらを発行する政府そのものが不安定だからだ。よって、金と宝石は全世界共通の価値があり、たしかな財産となるため、より大きな宝飾品を持つことが望まれ、こんにちのデザインへと引き継がれているらしい。

とはいえ、土産物店で購入できるような、伝統工芸品まんまのデザインでは意味がない。インドジュエリーの特徴を残したまま現代ふうのアレンジをくわえ、細やかな細工をほどこしたそれは、颯生にも満足のいく形にできあがったと思う。

「メヘンディをモチーフにした紋様もよかったですね」

「奥さまの名前をブランドネームに提案したのも、それが頭にあったので」

メヘンディとは、ヘナ、あるいはヘンナと呼ばれる天然の染料を使って婚礼の際、花嫁の両手足にレースのような精緻でうつくしい紋様を描くものだ。ヘナタトゥーとも言われ、十日ほどで消えることから、最近ではファッションタトゥーとしても人気がある。

「金ベースにプラチナで、色金《いろがね》に切り嵌《ば》め象嵌《ぞうがん》、日本の伝統技術を取りいれたのも、おもしろい発想だと絶賛でした」

ありがとうございます、と答えながら、颯生は照れをこらえるために唇を引き結んだ。神津はにこやかに「もっと喜びなさいよ」などと言ってのける。

「ともあれ、基本のデザインコンセプトとブランドコンセプトは、おおむね先日の話のとおりで決まりそうです。とりあえず、お疲れさまでした」

「あ、いえいえ。とんでもありません、自分の仕事をしただけですから」

頭をさげる神津にあわててこちらも身体を折る。

「それでも、最初の大仕事でしたから」

神津が個人事務所ともいえるこのオフィスMKを作ってから、まだ一年に満たない。その短い期間でこれだけの仕事が舞いこむのは、彼のかつての人脈と仕事ぶりによるものだ。

とはいえ、最初からずっとそばで仕事ぶりを眺め、ともに働いてきた颯生も、かなり感慨深いものがある。今回のデザインやコンセプトについては、以前の会社で却下されたものをベースに起こした企画だけに、感慨もひとしおだった。

けれど、それらはおくびにも出さず、颯生はしらっと言ってみせる。

「まあ、あとは製造の仕事になりますんで、職人さんにがんばっていただくだけですね」

「はは、そのとおり。……ああ、そうだ。職人と言えば」

「……どうかしましたか？」

言葉を切り、神津は「うーん」と小さくうなった。

「もしかすると、レセプションパーティーに、わたしは出られないかもしれません」

「あれ、やっぱり厳しいですか」

「思ったより、この話がまとまるのが早かったので……当日、工房の方たちとの会合も入ってしまったんですよ」

神津の予測では、ラーヒリーはいったん話を本国に持ち帰り、その後の契約になるだろうと思っていたのだそうだ。ところが、愛妻家の彼はブランドネームとコンセプトを思った以上に気に入ってしまい、『早く商品化したい、話を進めたい』と、予定を一気に数カ月も前倒しにすると言ってきたらしい。

「今度のインターナショナル・ジュエリーフェアで、その職人さんもラーヒリーさんに紹介します。三橋さんも立ち会っていただきますが、わたしが抜けられなかったときのために、一応、フォーマルのスーツを用意しておいていただけますか？」

「……やっぱり、俺がいくんですか？」

神津の代わりなどとおこがましすぎて、颯生は腰が引けていた。だが彼はいたって暢気に「何人かに挨拶だけしてもらえればOKですから」などと言っている。

「細かいことは火野くんがやってくれますよ。三橋さんは、うちのデザイナーとして、かっこよく決めていてくれれば問題ありません」

「持ちあげてもなにも出ませんよ、社長！」

この調子で丸めこまれ、パーティーに出る羽目になるのは確定だ。しかし、茶目っ気もある神津相手には、もうしかたないと笑うしかできなかった。

「あの、そういえば、今回は欠席できない、みたいなこと仰ってましたが。なにか、あるんですか？」

颯生の問いかけに、神津は「んん」と口をつぐんだ。

「いまはまだ、いいでしょう。本当に出てもらうことになったとき、説明しますよ」

「はあ……」

「だいじょうぶです、火野さんにはすでに、いろいろ言い含めてありますから」

神津がにっこり笑ったときには、発言拒否という意味だ。追及できず、颯生はうなずくほかになかった。

「そういえば、引っ越しのほうは目処《めど》がついたんですか？」

「あ、ええ、はい」

上司である神津には、当然ながら転居の件は話してあった。謙也が同棲の話を持ちかける以前から、いまの職場と住まいの路線の関係上、いささか通勤が不便だと感じていて、引っ越したいと雑談混じりに言っていたのだ。

「フリーだったころは通勤路線って考慮外だったんですけどね。今度は、一本で通えるところにしようかと。うまくすれば、自転車通勤もできそうなんです」

「それはいいですね。わたしもちょっと考えたんですが、さすがにむずかしい」

神津は、このオフィスから電車で一時間かかる場所にマイホームをかまえている。ローンは払い終えているらしいが、大事な思い出がある家なので引っ越す気はないそうだ。

「いずれにせよ、三橋さんならひとりでのびのび暮らせる時期も、そう長くないでしょうし」

ずいぶん機嫌がよかったのだろう。神津にはめずらしく、揶揄《やゆ》するようなことを言ってきた。たぶんそこで、大抵の人間にするように、ただ「そうですね」とだけ言えばよかったのだと思う。おそらくほかの相手なら、ぜったいにごまかしただろう。

けれど颯生はなかば無意識に神津を信頼して、口を開いていた。

「あ、いえ。今度はルームシェアなんです」

「え？　誰かといっしょにお住まいになるんですか？」

「ええ、友人の羽室さんと。ふたりで家賃を折半すれば、いいところに住めるって話になったので」

「羽室さんとルームシェア、……ですか」

一瞬、神津は眉をひそめたように見えた。なぜだかわからないが、颯生は胸騒ぎを覚えて背中をかたくする。

(まさか、ばれてるとか、ないよな……?)

藤田の流した噂は、あくまで狭い範囲のことだったはずだ。謙也は直接吹きこまれたりしたけれど、そもそも駆け出しで名前もさほど売れていない颯生を知る人間は限られる。神津のような大物とは、『オルカ』の件がなければ接触もなかったし、あの時点まで、神津は颯生を認識してもいなかった——と、思う。

けれど、神津が業界内のあらゆるところに人脈があり、また情報や噂に関しても細かく把握しているのも事実だ。

「あの、なにか問題が……あるでしょうか?」

「いや……いや、ただの老婆心ですよ。三橋さんはお若いから、まだわからないでしょうが」

おずおずと問いかけた颯生に、神津はいつもの穏やかな表情でかぶりを振った。

「家族以外の人間……たとえば、どんな親しい友人同士でも、いっしょに住むとなると、いろいろありますからね。生活費のことだとか生活習慣、そういう些細なこともきっちり話しあってないと、のちのち揉める可能性もある。そのあたりは、だいじょうぶですか？」

「あ、はい。それは、一応わかっているつもりです」

本当かな、とでも言うように、神津は苦笑した。

「うるさいと思われたでしょうね。ただ、意外だったんですよ。だから心配で」

「心配、ですか」

「ええ。三橋さんはクリエイターで、どちらかといえば、ひとりを好むタイプだと思ってました。そういうひとが、いっしょに暮らすほど信頼できる相手がいるのは、いいことなのかもしれませんが、他人との暮らしっていうのは思う以上にトラブルが起きやすいので」

神津はすっと目を伏せ、「本当によけいなことを言ってすみません」とつけくわえた。

「ただね、私らの若い時代はそれこそ、下宿や寮で共同生活もあたりまえだったんです。そのなかで、深刻なけんかをして友情が壊れたこともありました」

なつかしそうな目をする神津に「そういう思い出でも？」と問いかけると、彼は苦笑して
「じつはあります」とうなずいた。

「じつは、それで以前、ひとり、友人とこじれましてね。……だからお節介をしてしまった」

細かく語りはしなかったけれど、神津にとっては後悔の残る思い出なのだろう。一瞬目を伏せて、彼は表情を作り直した。

「とくに三橋さんは、誰かを信用するのに時間がかかるタイプに思えたものでね。わたしに本心からうち解けるのも、なかなかむずかしかったでしょう」

「え、そう……ですか？」

神津の言葉に、颯生はきょとんとなった。自分ではさして、他人と壁を作ったつもりはないし、自然体でやってきたつもりだったからだ。

自覚がないのか、と神津は苦笑し「そうですよ」と大きくうなずいてみせた。

「そういう人間ほど、信じた相手とこじれると、ダメージが大きいものなんです。同じコミュニティに所属している場合、周囲との関係もまずくなることもあって……でも、いや、やっぱりこれはお節介だなあ」

言いながら、神津はなにかに気づいたのだろう。頬をかいて「忘れてください」と言った。

「若く見えるといっても、三橋さんはもう立派な大人なのだし、そんなのは理解のうえの話ですね。どうも年を取ると、説教くさくていけないな」

「ああ、いえ。心配していただけて、嬉しかったです」

申し訳ないと頭をさげた神津に、颯生はあわてて腰を浮かせた。

「俺、実家の親にはかなり放任されてるので。そういうこと言っていただけるのは、ありがたく思います」

「なら、よかったです。……ああ、いらぬ話で時間を取らせましたね、すみませんでした」

そんなことはない、とかぶりを振って、「じゃあ、失礼します」と颯生は立ちあがる。

「三橋さん」

ドアから出ようとしたところで、神津がもう一度声をかけてきた
「いろいろ申しあげましたが、羽室さんはいい青年だと思います。……いい友人は、大事にしてくださいね」

颯生はとくになにを言うこともできず、会釈をして社長室を辞した。

なんだかえらく、含みを感じる会話だったような気がする。それとも、考えすぎだろうか。

そのまま仕事に戻ろうかと思ったけれど、なんとなく休憩所に足を向ける。世間のご多分に漏れず、この小さな会社でも室内は全面禁煙で、階段脇の踊り場が喫煙スペースだ。明かり取りの窓を開け、換気を確保すると、煙草に火をつける。

謙也とつきあうようになってからはあまり吸わなくなったけれど、ニコチンを摂取したい気分のときもある。買い置きの煙草はすっかりまずくなっていた。だが、一服するのを言い訳に、大きなため息を吐きだしたかっただけなので、かまわない。

(なに、びびったんだか)

神津の話は、一般論的な小言だったので、ほっとした。そして、そのことでやはり、いささか自意識過剰になっている自分を颯生は知った。

(昨夜のこともそうだけど、言葉に敏感になってるのか? 俺)

ふだんなら、ゲイばれしたときも「あ、そう」ですませることができる。それが自分だと開き直ってもいるし、他人になにを言われても、どうということもなかったからだ。

やはり、新生活に踏みきるにあたって、神経が過敏になっているらしい。

神津に言ったとおり、放任気味の家族とは淡泊な関係性で、家を出て以来、よほどの用事がない限りは連絡もろくに取っていない。

「にしても、俺、そんなに壁作って見えるか……？」

とはいえ大事な友人はちゃんといるし、心を開いている相手だっている。そういう人間たちにはしっかり理解してもらえて——とくわえ煙草のまま考えていた颯生は、「ん？」と首をひねった。

（あれ。俺って、ヘテロのともだち、いたっけ）

颯生を理解してくれている友人たちは、大半がゲイか、学生時代、ひょんなことでカミングアウトした相手などが大半だ。セクシャリティを隠した状態で、完全に腹を割って話せるかといえば、むずかしい。やはり真実がわかったときに敬遠されるのではないか、という警戒心も捨てられなかった。

それこそ学生時代には、女顔の颯生に対して「いっぺんヤルだけならできる」などと、藤田よろしく下品なことを言う男がいたし、じっさい勘違いして血迷った連中も、いなくはなかったからだ。つきあった男にしても、ノンケの気の迷いやバイセクシャルにはあまりいい出会いはなく、だからよけいに、同じ人種以外には突っ張ってみせた。

強気で、そっけなくて、そういうのが自分のキャラクターだと思っていたのはまだ一年まえのことでしかない。

社会に出てからは、仕事上のつきあいばかりになり、利害関係の絡む人間関係はある程度お互いに抑制していて、楽だった。プライベートとオフィシャルが完全にべつになったことで、使い分けするのが大人だと、そう割りきっていた。

割りきることで、誰かに心を預けるのをやめていたのだ。

けれど、気を張り続ける颯生に、謙也は言った。

——あのさ、キャラってなに？　それこそマンガじゃあるまいし。二十四時間ずっと気を張ったまま、誰になに言われたって平気で強気で居続けられるなんて、そんなのあるわけないでしょ。

「あれに、変えられちゃったなあ」

ノンケとの恋愛なんか冗談じゃないと思っていたのに、熱を持って追いかけられて、抱きしめられて、大事にされて、愛された。おかげで、こんなに無防備になってしまっている。

壁によりかかって、なんだか敗北感に似たものを覚えた。首を逸らして窓の向こうを眺めると、春雲が空を流れていく。

ＶＩＰのお嬢さまに追いかけまわされたり、女物のピアスを見つけたり、元彼女をマンシヨンに住ませてやったりと、このところの謙也の行動は、以前の颯生なら蹴り倒して怒鳴りつけているレベルだと思う。

謙也を信じると、ことあるごとに言うようになったのは、そうするしかないと悟ったからだ。気分を損ねるのがいやで、文句を言わないのではない。ただ信じると決めた、それはたぶん、颯生が謙也との関係に覚悟をつけたからだ。

（ああ、たしかにこれは、心配だ）

神津の案じた意味が、すこしわかった気がする。

これだけ心を預けてしまった相手と、壊れたときのダメージはすさまじいだろう。

だがシニカルに、いつか恋なんて終わると言えた颯生はもういない。謙也が言わせなくした、というか、考えるのもばかばかしいほど大事に愛されてしまったからだ。

なくしたときのことは——考えない。考えられない。そう思っている自分に気づいて、これは神経過敏にもなるだろうと颯生は自嘲した。

「こうなったら、完全に腹、見せておくか」

謙也とは、同居にあたっていろんなことを話した。けれど、もうひとつだけ開かない扉があったことを、颯生は神津の言葉でいまさら気づかされた。

——おれはね、おれの居場所のまん中に、颯生がいてほしい。

それはこちらも同じだと教えるために、どうしたらいいか。

いっしょに暮らす相手に向けて、本当に自分をさらけだせているのか？

自問する颯生は、指に挟んだまま灰になっていく煙草の煙を、じっと見つめた。

＊　＊　＊

土曜日になり、ようやく謙也《けんや》も颯生《さつき》も休みとなった。

金曜の深夜、それも三時すぎまでの残業となった謙也は、午後になっても眠り続けていた。

（よく寝るなあ）

普段泊まりにきていたときと同じく、颯生のベッドの隣に敷いた布団のうえに横たわる長身は、微動だにしない。寝返りすら打てない彼の疲労を物語っているようだ。

ふだん、明るくほがらかにしているから、かわいらしい印象のほうが強いけれど、謙也の寝顔は意外に精悍《せいかん》だ。うっすら生えた無精鬚も、鋭角的な顎《あご》に似合っている。

だがその頭上にある、謙也専用ラックには、だいぶ以前に颯生がプレゼントした、廃材パーツで作ったガンダムとシャアザクが二体、鎮座《ちんざ》ましましている。

（どうしても大事なものだけ持ってくるって言って、これか）

苦笑いを浮かべ、ときどきぎゅっと眉間《みけん》に皺《しわ》を寄せる謙也の額を軽く撫でて、颯生はそっと部屋をあとにした。

颯生はいろいろと考えたこともあって、眠りは浅く、出勤するときと同じ時間に目が覚めた。眠っている謙也に気を遣い、なるべく音をたてないよう、部屋の掃除と洗濯をすませたが、昼食の支度をしていたところで、においにつられたのか謙也が起きてきた。

「……おはよう。ていうか、こんにちは」

「はは、おそよう」

「いいにおい。なに作ってるの」

フライパンを手に台所に立つ颯生の背後から、謙也がのしかかってくる。ほんの一瞬、びくっとする自分を悟られたくはなくて、颯生は香辛料を探すふりで身体《からだ》を伸ばした。

「あ、えと、パスタ。キャベツとツナとゆずこしょうの……食べる？」

「ん？　いや、あとでいいよ」

「すぐできちゃうから、顔洗ってきなよ。つうか、鬚剃れ。痛い」

つるりとした顔をしているようでいて、謙也の鬚は意外に固い。手のひらで顔を押しやると、謙也は「冷たいなあ」と笑って離れていった。炒めていたキャベツが焦げそうになり、あわててフライパンをふるいながら、ほっと息をつく。

（あーだめだ。まだ思いだす）

謙也に対し、どうしてもびくついてしまう自分を颯生は持てあましていた。

もう二日も経つのに、あのなまなましいぼやきが耳を離れない。自分が思うよりも気を張っているせいなのは明白だが、かといって謙也に気取られたくはなかった。

炒めたキャベツに湯がいたパスタとすこしのゆで汁をいれ、フライパンのうえで絡める。用意しておいたゆずこしょうとツナを混ぜたものを載せ、ちぎった海苔を散らした。

「謙ちゃん、できた。さきにこれ、食べてて」

「え、いいの？　颯生のぶんじゃないの？」

鬚をあたり、顔も洗ってさっぱりした謙也が、タオルで顔を拭きながら近づいてきた。颯生は遠慮する彼に、パスタ皿を手渡し「いいから食べて」と言った。

「俺のは、これから作るから。麺伸びるとおいしくないよ」

「……ありがと、いただきます。おさきに」

リビングのローテーブルへと皿を運んだ謙也は、ひとくち食べるなり「うまい」と笑いながら言った。だが、ガスレンジに向かうため、謙也に背を向けていた颯生は、声のなかに違和感を聞き取る。

（なんか、元気ない？）

こっそりと背後をうかがってみると、寝起きというだけでなく、ぼんやりとした顔の謙也がいた。

「かなり疲れてる？」

「え？　ああ、うん。まあね。ここんとこ寝不足だったから」

颯生が振り返って声をかけると、ごまかすように彼は笑う。けれど表情が曇ったのは、ただ単に体力的なことばかりではない気がした。

「ところでさ、謙ちゃん、きょうの予定ってある？」

「え？　ああ、できれば自分の部屋いって、荷物取ってこようかなと。ただ祥子《しょうこ》がいたらパスするけど……」

「電話してみれば？」

パスタを湯がく合間にキャベツを切り、ふたたびフライパンを火にかけた颯生は、謙也の返事が遅いのに気づいて振り返る。見ると、パスタをつつきながら携帯を片手にした謙也が、眉間に皺を寄せていた。

「どしたの」

「電話出ない。なにやってんだか……あっ、祥子？　え？　なんの用だって、そんな怒鳴ることないだろ！……はあ？　お台場《だいば》でスンさまの公開録画？」

やっとつながったらしい電話の向こうで、なにかをまくし立てられたのだろう。謙也は耳が痛いとでもいうように顔をしかめ、彼らしからぬ投げやりな口調で言った。

「わかった、わかったから。家にはいないんだな？　じゃあおれ、きょうちょっと荷物取りにいくから……はいはいはい、切るよ、切る！　じゃあね！」

力をこめてボタンをオフにすると、謙也はげんなりしたようにぼやいた。

「また追っかけかよ。いつ連絡しても、スンさまスンさまって」

ホテルに泊まる金はないが、サム・スンジュンの来日キャンペーンにはへばりついて追いかけているという祥子は、どうやら謙也の部屋には本当に寝る以外に帰ってこないらしい。

「あいつ、ほんとに就職活動してんのかな」

心配そうにつぶやく謙也に、颯生は微妙な気分になった。いまさら嫉妬するような関係ではないと知っているし、颯生に対して誤解がないよう、きちんと説明もしてくれている。その結果として、いま彼はこの部屋にいることもわかっているが、やはりかつて謙也とつきあった女性なのだ。その祥子を案じる彼を見るのは、どうしても複雑な気がした。

だが同時に、同世代の女性がリストラされ、やけのようにして追っかけ活動に精を出しているというのは、たしかに本人のためにはならないし、見ているほうとしても不安だ。

「実家に援助してもらってるってことはないのかな」

「あんま、そのへんの話はしたくない空気だった」

細かい事情を祥子は謙也に語ろうとしないらしい。颯生がほんのり心配していたように、滞在中、彼女から謙也へと連絡をしたり、会いたいと言ってくることもいっさいなく、いまのように謙也が自宅に戻るとき確認の電話をする以外では、話してすらいないのだそうだ。

「うーん……まあ、猶予期間ってことで、許してあげれば？　リストラされて、気晴らししたいのかもしれないし」

なだめるように告げると、「いい迷惑だよ、もう」と謙也がため息をついた。口ではそう言うけれど、ひとのいい謙也にしてみると、祥子が危なっかしくてしかたないのだろう。

なんだかんだ言うけれど、他人を見捨てることのできない謙也だ。対象がモトカノというのはちょっと妬けるが、そういうところも好きだなと颯生は思う。

「そんなに心配なら、ちゃんと会って、話、聞いてあげたら？」

颯生が進言すると、否定はしないまま謙也はもごもごと言った。

「……強情だから話すかどうか」

「うーん、だったら、待つしかないね」

颯生は苦笑しながらできあがったパスタを皿によそい、ついでに先日もらった紅茶をふたりぶん淹《い》れる。依然むっつりとパスタをつついている謙也の隣に座ると、彼は差しだされたカップに視線を落としていた。

「どしたの？　なんか、機嫌悪い？」

そっと問いかけたが、「べつに……」とうつむいた謙也からそれ以上の返事はなかった。

無理に聞きだそうとはせず、颯生はもくもくとパスタを食べる。失敗のすくないレシピだが、我ながらまあまあの味にできたと満足していると、謙也がぼそりと言った。

「……パーティー、いきたくない」

学校いきたくない、とごねる子どものような口調に、颯生はぷっと噴きだした。

「笑いごとじゃないよ、ほんとにいきたくないんだっ」

「なに、なんで。祥子さん連れてくって約束したんだろ？」

「問題は祥子じゃないの！」

拗《す》ねたような声をあげた謙也が話す気になったのを悟り、颯生は「なに、どうした」と半笑いで問いかけた。だが笑いごとではなかったらしく、謙也の口からは重苦しいため息が長くこぼれる。

「昨日、また残業だっただろ。そんで、野川《のがわ》さんに言われたんだ……」

なにを、と颯生が首をかしげると、昨晩耳にしたばかりの話を謙也は暗い声で語った。

——あー、そのな、パーティー。同伴ＯＫで、顧客もくることがある、ったよな。

それがなにか、と謙也は怪訝《けげん》に思ったらしい。謙也ほどの長身ではないにせよ、がっちりとした体格の野川は野性味溢《あふ》れるマッチョタイプで、押し出しが強い。その彼がもじもじしているさまは、正直いって気味が悪かったそうだ。

——例の小池《こいけ》さま、スンさまのファンって話をな、ちらっと聞いた覚えがある。

謙也は、よもやの言葉に「えっ」と言ったきり、なにも話せなくなった。

——いや、だから言っただろ？　おまえに似てるって。そんで羽室《はむろ》のこと追っかけまわしたお嬢だぞ、このパーティー、こないと思うか？

「脅さないでくださいって言ったけど、野川さん、まじめに心配してるみたいで。おれ、よけい怖くなっちゃってさ」

それからずっと、恐怖のあまり憔悴《しょうすい》していたのだと打ち明けた謙也は、颯生の目にもたしかにやつれて見えた。

「祥子についてはただのミーハーだし、羽目はずさないように注意すりゃいいだけだけどさ。小池さま襲来しちゃったら、ほんと、どうすりゃいいかな……」

「そんなに小池さま、やだ？」

「やだっていうか、怖いの。言葉通じないし、なにをどう解釈されるかわかんないし。もう好ききらいの次元じゃないんだ、あの恐怖」

ぐったりと肩を落としてぼやく謙也は、相当に笑美理《えみり》が苦手らしい。だが、以前よりなおひどい怯えかたが不思議になった。

「で、でも、ちゃんとふってあげたんだろ？　奥村《おくむら》さまも、たしなめてくれたって……」

もう心配ないと言っていたのではないか。颯生が疑問を口にすると、「そう思ってたんだけど」と謙也は陰鬱《いんうつ》につぶやく。

「おまけがあるの、この話」

「どんな？」

「……おれのこと、まだあきらめてない、って宣言してんだって」

さすがに颯生は顔をしかめ「どういうこと？」と問いかけた。

「どうもね、盗難騒ぎも同時に起きただろ？　あれのせいで、彼女のなかでは『揉《も》めごとにまきこまれないよう、遠ざけられたんだ』って解釈がくわわったらしい」

――羽室さんはきっと、笑美理をトラブルに関わらせたくなかったんです。だから、あんなふうに冷たく突き放したりしたんだわ。きっとそうよ。

「……って、沢田《さわだ》商会の営業さんに話してたらしい。野川さんが聞いてきた」

「はあ!?　なにそのスーパーポジティブシンキング!?」

あまりにもな笑美理の発言に、颯生は啞然《あぜん》とした。謙也はもはや、泣き笑いだ。

「いまさらそうくると思わなくてさ。ほんとになんか、怖くなってきたよ。また会社に押しかけてきたら、どうすりゃいいのか」

机に肘《ひじ》をつき、頭を抱えた謙也は、ちらりと颯生を横目にうかがう。

「ねえ、あのさ、神津《こうづ》さんからなにか、聞いたりしてないよね？」

今回はなにも、と颯生はかぶりを振る。だが、そこで先日の話を思いだした。

――羽室さんとルームシェア、……ですか。

（あれって、謙ちゃんとのルームシェア自体に反応したんじゃなくて、謙ちゃんの名前、のほうに引っかかってたのか？）

笑美理の祖母、奥村と懇意《こんい》な神津は、以前にも謙也の交際相手についてなにか知らないか、と探りをいれてきたことがあった。おそらく、笑美理の天然だけに手に負えないわがままさを把握してもいるだろう。

（ってことは、ほんとにけっこう、手強い？）

あの神津がそこまで気にかけるとなると、これは厄介かもしれない。颯生はしばし瞑目《めいもく》して考えたあと、食べかけのパスタをよそに立ちあがった。いったん自室に引っこみ、机の引き出しから目当てのものを取りだすと、謙也のいた場所へと戻る。

「颯生？」

「ちょっと予定より早いけど、これ」

テーブルのうえに置いたのは、小さなジュエリーボックスだった。

「いっしょに暮らす日に渡そうと思ってた。まえからデザインしてて、工房に製作お願いしてたんだ。先月、できあがってきた。ラッピングしようと思ってたけど、時間なくて、箱が剝き身でごめん」

「そんなのは、いいけど」

謙也は目をしばたたかせ、「おれに？」と自分を指さしてみる。うなずくと、颯生は息を吸いこみ、言った。

「このタイミングなら、いいと思う。謙ちゃん、これ、左の薬指にはめてほしい」

「え……」

「いまならひとに見られても、本当はファッションリングだけど、小池さまのためのカムフラージュだ、って言い張れるだろ。だから、これ、して」

謙也はおずおずとその蓋を開けた。

なかから現れたのは、プラチナベースの、ごくシンプルなメンズリングだった。すこし幅広の腕に、斜めにうねるような金のライン。二本の線が絡まるようなデザインは、角度を変えて眺めると、無限大を示す『∞《インフィニティ》』に見えるようになっている。

「すげ、かっこい……」

「き、気に入った？」

「うん、ありがとう！　すっげえ嬉しい！」

疲れていたり悩んだりと、暗い表情が多かった謙也の満面の笑みを見たのは、何日ぶりだろう。ほっとして、颯生も唇をほころばせた。

（喜んでくれて、よかった）

渡したところで、つけていられないだろうと思っていただけに、今回のハプニングは僥《ぎょう》倖《こう》とも言える。笑美理に見せつけるためだと言えば、社内の誰も疑わない。

「颯生のはないの？」

「お揃いにするとばれるかと思って、リングはない。でも、これ」

髪をそっとかきあげ、新しく作ったピアスを見せる。揃いのデザインを見つけ、謙也は顔をくしゃくしゃにした。

「なんだよ。おれがつけてやったのに」

「いいよ、そこまでしなくても」

「けち。でも颯生はこれ、はめて。颯生がはめて」

指とリングを差しだされ、すこし緊張しながら左の薬指へと滑らせた。サイズは確認ずみだったが、ぴったりおさまったことにほっと息をつく。

「いつのまに、こんなデザインしてたの」

「去年の秋ごろ。けんかしただろ。その時期、いろいろ考えちゃって」

ちょうど、同時期に依頼されていたフリーの仕事がメンズものだった。謙也をイメージしてデザインしたけれど、せっかくなら彼だけのために、なにか作りたいと考えた。

「けんかしてたのに、作ってくれたんだ?」

こくりとうなずくと、謙也は感極まったような顔で抱きしめてきた。颯生も彼の背中に腕をまわし、ぎゅっと力をこめる。

リングのデザインを完成させたのは仲直りのあとだ。といっても本当に渡せるかどうかはわからなかった。永遠を意味するモチーフを選んだのは、ただの感傷的な願望だった。

でもいまは違う。ぜったいにこの手を放したくないと、そう思う。――思った、のだが。

「え、ちょっと、待って」

首筋にかかる息が熱くなり、いつの間にか背中を支えていた腕が、シャツのなかにもぐり

こもうとしている。

「……ん？　どしたの」

謙也の声も、色を違えていた。

盛りあがる場面だというのは、理解できる。颯生もいままでであれば、応えるのにやぶさかでないどころか、自分から積極的にもなっただろう。

けれど脳裏をめぐる、あの言葉が。

――っつーか、あのかわいーお尻のなか、一日じゅう、いれっぱなしにしたい……。

「そ、それはだめ！」

「えっ？」

声をあげると、謙也がびっくりしたような顔で颯生を凝視《ぎょうし》していた。いつの間にやら、身に纏《まと》っていたシャツははだけられ、ボトムのフロントもなかば開きかかっている。

あわてて腕を逃れ、ボタンをかけなおした颯生に、謙也はぽかんとしていた。

「さ、さつき？」

「ごめん、さっき言いそこねたけど、きょう、よかったらいきたいところあるんだ。だからちょっと、こういうのは」

あわてるあまり口早に告げると、ようやく理性を取り戻したらしい謙也は、まばたきを繰り返したあと、肩を落とした。

「あ、ああ、そっか……」

しょぼんとする姿に、そこまでがっかりしなくても、というおかしさと、申し訳なさを交互に感じる。だが基本的にやさしい彼は、苦笑いで情動をおさめてくれた。

「どこにいくの?」

縮こまりながら、颯生は上目遣いに、ここ数日考えていたことを切りだす。

「青山のバー。地下にクラブもあって、イベントがあるんだ。夕方からなんだけど。謙ちゃんといっしょに、いきたいと思って」

たまには大人らしく、外で遊ばないかと提案した颯生に、謙也は意外そうな顔をする。

「なんか、めずらしくない? 颯生が外でって。しかもクラブって」

「うん、まあ、あんまり好きじゃないんだけど。ともだちが誘ってくれて。……その、きょう、ゲイナイトなんだ」

謙也はますます目をまるくした。颯生は妙に緊張しながら、口早に説明する。

「あの、ゲイナイトって言っても、パートナー同伴のイベントで。ゲイオンリーってわけじゃないから、男女のカップルもくるし、そんなにやばくないよ」

「へえ、そんなのあるんだ」

「たまにやってるみたい。で……俺、いままで一回もいったことなくて」

パートナーがいない人間は入場お断りのイベントだけに、顔を出したことがなかった。昔つきあっていた連中は、そんなラブイベントに興味などなく、やりたいだけ、というタイプも多かったからだ。

「だから、謙ちゃんといきたい。知りあいにも、紹介したいんだ」

「颯生、それって」

謙也は、ひどくやさしい表情で笑った。謙也が友人に颯生を紹介したいと言った、その気持ちに応えたくて考えた行動だと、理解してくれたのがわかった。

だがもうひとつの理由は、本当の意味でのゲイシーンを知らない謙也に、ある意味では最後の確認をしてもらいたい気持ちもあった。

颯生自身、あの手のいかにもな集まりは得手ではない。ないけれど、そういう世界に属している自分を、意識しないではいられない。

無理やり現実を見せつける必要はないのかもしれないと、何度も迷ったけれど、触れずには通れない道だ。もし謙也がそれで二の足を踏むようなら、どのみちどこかで、なんらかの問題にぶつかる。

平均からはみでる自分を、受けいれられるか否か。それを自分で認識してほしいと思いつつ、へたをすればいままでのつきあいが失われるかもしれない不安に、颯生の声は弱くなる。

「ただ、ゲイばっかりの空間ってけっこう濃いよ。謙ちゃん、引くかもしんないけど」

いやじゃなかったら、と何度も繰り返す颯生の唇を、謙也の長い指がつまんだ。

「うぐ」

「おれ、やだって言ってないだろ。それに、そういうところってテレビとかネットの情報でしか知らないから、いってみたいよ」

颯生がうなずくと、唇をつまんでいた指がほどかれる。ほっとしてゆるんだ唇を、やさしいキスが覆った。押し当てて、吸って、触れたときと同じくらいにそっと離れたあと、謙也は颯生の額に自分の額をあわせる。

「クラブってことは、おしゃれな格好しないとやばい？　おれ、なに着てけばいいのかな。クラブ用のコーデとか、さっぱりなんだけど」

「え？　いや、ふつーに出かけるときの格好でだいじょうぶだと思う。謙ちゃん、素でかっこいいから」

謙也はその言葉に赤くなる。ぽろりと本音を口にしてしまった颯生は颯生で赤面し、「なんだよ」と脇腹を小突いた。謙也は笑いながら逃れる。

「でもさ、ほんとにろくな着替え持ってきてないんだよ」

「あ、そうか。だったら、謙ちゃんのマンションに取りにいく？」

「いや、それよりすこし早めに出て、服買いにいかない？　ふだんの服なら洗濯すればいいし、とくに急いで必要なものはないから。それより、きょうのお出かけ服、颯生が見繕ってくれると嬉しいんだけど」

やっと明るい顔になった謙也の提案に颯生もうなずいた。

＊　＊　＊

食事を終えたふたりは連れだって出かけ、まずは謙也の服を買うために渋谷へ向かった。カジュアルな服が揃っているインディーズのデザインショップは颯生のいきつけで、デザイナーでもある店長とは、古い知りあいだ。颯生が学生時代、自分で作製したアクセサリーを売ってもらったこともあり、その伝手《つて》で、かなりの値引きが成功した。

「あんまり着ない感じだけど、これだいじょうぶかな」

「似合う似合う、かっこいい」

絞り染めのような模様があるプルオーバーに、ダメージジーンズ。くったりとやわらかい革のジャケットは、謙也のスタイルのよさを際だたせている。アクセ関係はどうかと勧めたけれど、謙也は「これがあるからいらない」と嬉しそうに左薬指のリングを撫でた。

「でも、チョーカーくらいはあってもいいと思うけど」

颯生がそう言っても、謙也はかぶりを振って拒み、あっさりと言ってのけた。

「おれ、今後は颯生が作ったのしかつけないって決めたから」

「……言っておくけど、俺のは高いよ？」

まんまとこちらが赤面するようなことを言われ、照れくささに顔をしかめた颯生は、憎まれ口を叩くほかになにもできなかった。

颯生のコーディネイトした服に着替えた謙也と、時間つぶしにぶらぶらと街をめぐったあと、目的地へと移動した。

青山通りからちょっとはずれた場所にあるその店にたどりつくと、謙也はいったいなにを想像していたのか、拍子抜けしたかのようにつぶやいた。

「あれ？　なんかふつうのお店っぽい……」

通り沿いのオープンカフェスタイルのテーブル席には、おおぜいのひとがいた。夕闇にシルエットで浮かぶ店のかまえはおしゃれで、いわゆる二丁目のような、いかにも夜の店、というイメージはない。颯生は笑いながら言った。

「このフロアはふつうのお店だよ。クラブがあるのは、地下のほう」

通常はバー＆レストランとして営業しており、クラブのイベントとはべつなのだと告げると、謙也は感心したように「へえ」と何度もうなずいた。

もともとはニューヨークに本店があるこの店のスタッフはバイリンガルが多く、外国人の客もかなりいる。交わされる会話も、英語だけではないようだ。

「なんか気後れするなあ。日本じゃないみたい」

「あはは、俺もちょっとびびる。最近は仕事で海外絡みも多いから、英語にはだいぶ慣れてきたけど。でも謙ちゃんとこ、入社試験でTOEICとかなかったの？」

謙也のつとめるクロスローズは、時計宝飾の会社としては、国内でも大手だ。むろん海外向け事業や、国外の工場もある。

「ふつうに面接と試験だけだった。海外事業部なら採用条件に必要らしいけど、おれは事務希望だったからなあ。なんで営業部に突っこまれたんだか」

向いてないのに、と首をかしげる謙也だが、颯生にしてみれば彼のひととなりや性格を鑑《かんが》みれば、当然の結果のような気がした。

支社から本社に出戻った時期には、颯生と知りあうきっかけになった商品企画の仕事をやらされたりしていたが、最近はもっぱら催事班にいるらしい。

「……あの時期で、よかったな」

「ん？　なにが？」

「謙ちゃんがさ、一年まえ催事担当だったら、俺とは接点なかったなと思って」

それもそうか、と謙也はうなずき、にっこりと笑った。

「二度目の研修期間みたいなもんだったからね。あれこれやらされてたけど……うん、勉強にもなったし、颯生とも会えたし、あれでよかったかも」

あいかわらずのストレートさが、颯生の胸をあたたかいもので満たす。口元がゆるむのをごまかすために、「こっち」と颯生は地下へ向かう入り口へと謙也の背中を押した。

階段を降りると、地上のバー&レストランとはまた違った空間が広がっていた。

入り口からすぐのところにバーコーナーがあり、ゆったりと酒を愉しむひとたちがくつろいでいる。音楽はさほど大音量ではなく、防音ドアの向こうではちらちらと華やかな光が踊っていた。こちらも外国人がけっこういて、雰囲気はよくあるクラブイベント、という感じだが、圧倒的に男ばかりで、それがいささか異色な感じがした。

「……これはこれで、アウェーな感じ」

「え？　男ばっかだから？」

「じゃなくて、おしゃれ感ばりばりだから」

ぽつりと言った謙也は、本当にこうした店に慣れていないのだろう。ものめずらしげに周囲を見まわす彼を微笑《ほほえ》ましく見つめていると、「颯生！」と明るい声がかけられた。

「やっときたー。ひさしぶり」

「ああ、ニヤ。ひさしぶり」

ほっそりした長身の彼女は、エスニックな印象の重ね着ふうチュニック姿に、スタッフカードを首からさげている。イベントの主催者のひとりだ。服にあわせた長いアクセサリーが、動くたびにしゃらりと音をたてた。

「そっち、カレシ？」

「うん、えっと、謙ちゃん」

隣にいる彼を振り仰ぎ、「ともだち」と告げると、すこし驚いた顔をした謙也は、すぐににっこりと微笑んでみせた。

「ニヤ、さん？　どうも、謙です」

この店にくるまえに、謙也にはフルネームは名乗らないようにと告げていた。謙也はとくに疑問をはさまず「そういうお作法なの？」とうなずいていたが、その無防備な素直さがすこしだけせつなく、また怖かった。

この日は比較的オープンなゲイイベントで、颯生の友人相手であれば問題はないけれど、大手店にはどういう人間がいて、誰が聞いているのかわからない。もしも素性が知れれば、大手につとめる彼に対して、妙な考えを起こす人間もいないとは言いきれないのだ。

重ねて、その部分もしっかり説明したつもりだが、謙也はやっぱり穏やかな顔で「気をつけるね」と言っただけだった。

（本当にだいじょうぶかな……）

心配顔の颯生と謙也を見比べ、ニヤはなんだか不思議な表情で微笑んだ。

「やっと、ここに連れてこられるようなカレシできたんだ？　よかったじゃん」

「うん、まあ……」

もごもごと照れる颯生に、ニヤは「なに照れてんのよ」とあきれた声を発した。

「ともあれ、ＩＤチェックと入場料お願いします。あとワンドリンク必須ね。そこのカウンターでお金払ったら、手の甲にハンコ押すから」

謙也は不思議そうな顔で「ハンコ?」とつぶやく。

「蛍光塗料の。入退室のときに、チェックすんの。無料でもぐりこむやついないように」

なるほど、とうなずいた謙也をじっと凝視していたニヤは「むふ」と妙な笑いを浮かべる。

「……なに、ニヤ。きもいんだけど」

「いやあ。颯生がこういうの摑《つか》まえると思わなくて」

失礼なことを言うなと言うより早く、彼女は謙也の広い肩を叩いてみせた。

「謙ちゃん、これよろしくね。ツンデレ気取りで、中身はとんだ乙女だから」

「あ、はい。知ってます。じつはかわいいよね、性格」

ちょっと、と颯生が止めるよりも早く、謙也はさらっと答えてしまった。その返答に目をまるくしたあと、ニヤは大きくうなずいて、楽しそうな笑みを浮かべる。

「そおそお。あまったれのにゃんこちゃんなの」

「ニヤっ、謙ちゃんもなに言ってんだ!」

颯生が顔を真っ赤にして怒鳴っても、ニヤはからかうような笑みをやめなかった。

「あはは。ともあれ、楽しんでって。じゃ、またあとで、会えたらね」

「わかったから、さっさといけっ」

犬を払うような手つきをすると、けらけらと声をあげてニヤは去っていく。

「女のひといたから、びっくりした。そういえば、男女カップルもくるって言ってたっけ」

店内の男率の高さに、うっかり忘れていたと言う謙也に対して、颯生は説明し損ねていたことに気づいた。

「ああ、あいつはビアンだから」

「へ？　びあ……なにそれ？」

「レズビアン。女の子が好きな女のこと」

「へー、そう言うんだ……」

語頭のほうが略されているそれも業界用語かと謙也はうなずいた。本当にすれていなくて、却《かえ》って颯生のほうが驚いてしまう。

ディープな世界を垣間見るのははじめてなのに、謙也は引いた様子もない。いつものとおりあっさりとした彼に、颯生も無用な警戒心を捨てることにした。すくなくとも、謙也は大人だ。過剰に心配するほうが失礼なのだろう。

「じゃ、違う世界にいってみますか？」

「う、うん」

ドアを開く一瞬だけ、すこし緊張していたようだけれど、いきなり聞こえてきた爆音に、謙也は耳をふさいだ。

「うわ、うるさ！」

目をしばたたかせる様子に大笑いして、びっくりしている彼の背中を押す。

すでにイベントははじまっていて、ヒップホップにあわせて揺れるひとたちがひしめきあっていた。颯生が「踊る？」と聞くと謙也は笑いながらかぶりを振り、「とりあえず見学！」と声を張りあげた。

フロアの端っこにある、小さなスタンドテーブルへと移動する。近くには、颯生たちと同じように、フロアを眺めて軽くリズムを取るだけの男が数人、たむろしていた。

「ドリンク、なににしますか？」

テーブルに貼りつけてあるメニューを見ていると、通りかかったスタッフがドリンクの注文を取りにくる。颯生はジントニック、謙也はクラブソーダを注文すると、インカムをつけた彼はそのままカウンターに注文を伝え、プラスチックのコインを差しだしてきた。チップには蛍光塗料でナンバーが書かれていて、これが注文票代わりなのだそうだ。

「あちらのカウンターに取りにいってください」

説明してくれたスタッフに礼を告げ、謙也はさっとカウンターバーへ向かい、ややあってふたりぶんのドリンクを手に戻ってきた。

「あー、やっと耳が慣れてきた」

ドリンクをひとくちすすって、謙也は耳の穴を指でいじる。音楽に負けないよう、ふだんよりも大きな声を出す謙也に颯生は苦笑した。

設置されたスクリーンにはＤＪの姿が映っている。意外に広いフロアの中心では、アフリカ系の男性が激しいパフォーマンスを見せ、周囲の人間はそれを囲みながら歓声をあげている。

そのなかにいた欧米系の男性は、リズムに乗りながらも隣にいる日本人の男の尻を摑み、にやにやと笑いながら耳に唇を寄せて、なにごとかをささやいていた。卑猥《ひわい》なことでも言われたのか、日本人のほうは拗ねたように肩を叩いたが、そのあと大柄な男の腰に腕をまわし、身体をこすりつけるような仕種《しぐさ》をしはじめた。

（あれ？　ちょっと待って……）

ふといやな予感がしてあたりを見れば、ふつうに踊っている人間もいるけれど、全体にねっとりと絡みあうふたりも多く見受けられた。やばくないふつうのイベントだ、と颯生は聞いていたのだが、どうも空気が濃すぎる気がする。

（カップルイベントって聞いてたけど、まさかヤリ系じゃない、よなあ？）

やっぱりいきなりのゲイナイトはディープすぎただろうか。謙也は引いていないだろうかといささか不安に思いつつ目のまえの光景を眺めていた颯生は、突然耳元で聞こえた声にびくっとなった。

「あれって、外国人だからああなの？　それとも、この場所ってそういうのありなの？」

「えっ、あ？　ああ、たぶん、外国人、だから……」

謙也の質問そのものより、耳に触れた吐息に驚いたのだが、おおげさなリアクションに謙也が一瞬、怪訝な顔をする。

「でも、日本人同士でも、そういう感じのひといるみたいだけど」

「あ……そう、だね」

音に負けないように会話するとなると、身を寄せるしかない。けれど、微妙に腰の引けている颯生に対し、謙也の顔ははっきりとしかめられた。

「颯生、なんでそんな、避けるの？」

「……さ、避けてない」

言いよどんだ颯生の頬に、無言になった謙也の手が伸びてくる。反射でびくっと震えたことで、嘘はすぐにばれた。

「どうしたの？　なんかちょっときょう、触るたびにびくついてない？」

数時間まえ、いい雰囲気だったのに抱きあうことをとどまらせ、出かけようと言った瞬間、やはり颯生はかなり挙動不審《きょどうふしん》に見えたのだろう。追及しないでくれたのは、気づかないのではなく気遣われたのだと知った。

じっと見つめてくる謙也の目は、ひどく強い。こういうときの彼には逆らっても無駄だと知っているため、颯生は観念してため息をついた。

「ごめん、ちょっと、意識しすぎた」

ここ数日、自分でも過敏になりすぎていて、疲れも感じていた。どうして、と不思議そうな顔をする謙也の目から逃げるようにうつむき、もじもじと指を組みあわせる。

「なんか、この間、お風呂で」

「え？」

「い、一日突っこんでたいとか言われて、いまさらだけど、びびった」

まさか聞かれていたとは思わなかったのだろう、謙也はぎょっとした顔になり、あわてて颯生の肩を掴んだ。

「ちょっと、本気にしたの？　そんでおれ、避けられたの⁉」

「いや、その、だって」

「あのね、あんなのただの妄想だから。つうか、颯生がいやなら、やんないから！」

間の悪いことに、その瞬間、音楽が切り替わった。一瞬の無音状態に、耳をやられていた謙也の声はかなり大きく響き渡り、周囲の視線が集中砲火のように浴びせられる。

すぐに音楽が流れ、ゆったりしたハウスミュージックは、さきほどよりも音量が小さめに感じられる。なにもこのタイミングで、と颯生は赤面してテーブルに突っ伏した。

「謙ちゃん……」

「ご、ごめん」

ふたり揃って身を縮め、なるべく視線を避けたけれど、隣の席の男がにやにやとこちらをうかがっているのが見えた。いちばん近くにいた彼には、当然、ばっちり聞こえていたらしい。

「もったいない、やっときなよ」

にやにやしながら冷やかされ、真っ赤になった。本能的に謙也がまえに出る形で颯生をかばおうとしたけれど、相手の男は「そんな怖い顔しないで」と笑う。

「聞こえちゃっただけ。きょう、イベントきたの、はじめて?」

こくりとふたりでうなずくと、「初々しいなあ」と彼は笑った。

フロアに踊るライトの光でブルーやグリーンに染まる、ウエーブがかった髪を揺らした男は、三十代後半くらいに見えた。けれど見た目はかなり若作りで、派手なプリントの、身体のラインを見せつけるようなぴったりした服を着ている。

年齢は自分たちよりかなりうえのようだが整った顔で、遊び慣れ、男を食い慣れているといった雰囲気の彼が謙也をしげしげと眺めまわすのを見て、颯生はむっと顔をしかめた。

「ねえ、そのリングって、彼との? それともきみ、ほんとは結婚してるとか?」

「いえ、俺とペアです」

さりげなく謙也の左手に触れようとする男をさえぎり、颯生は耳にかかった髪をかきあげてみせる。挑むような目つきに、彼はけらけらと笑った。

「わかってるって、パートナーには手を出さないよ。もしかして、つきあいだしたばっか?

それとも、いっしょに住んでるの？」

なにか関係あるのか、と颯生は嚙みつこうとしたけれど、それより早く謙也が口を開いた。

「同棲《どうせい》してます。きちんといっしょに住むのは、数カ月後だけど」

「ちょっと、謙ちゃん」

ほっとこうと腕に手をかけた颯生の姿に、男はますます笑みを深くした。

「あはは、かわいい。でも、同棲しはじめだったら、やっぱり、がんがんやっといたほうがいいと思うよ」

「えっ、なんでですか？」

話に食いついた謙也を、颯生はもう止められない。ため息をついて視線を横にやると、男のパートナーらしい鬚の男性が、「無理、止められない」というように苦笑してかぶりを振ってみせた。

いらぬ話をしてくれるな、と心配していた颯生だったけれど、男の語ったことは、意外なことに、案外まともなアドバイスだった。

「あのね、まじめな話。同棲とかしちゃうと、いやでもテンション落ちんの。相手に慣れちゃったり、マンネリになったりね。サルになってられんのなんか、最初のうちだけだよ」

そんなことない、と言いかけた謙也の言葉を制するように、彼はなおも言った。

「うちだって、いま、何カ月かに一回、やるかやんないかだし」

あっけらかんと言われて、颯生と謙也は目をまるくする。しかし、そのアドバイスをくれた相手はといえば、パートナーらしき男性にしっかり腰を抱かれている。

「でも、ラブラブですよねえ？」

こんなイベントに連れだってくるくらいだし。謙也が不思議そうに問いかけると、彼は否定せず、のろけるようにパートナーへとしなだれかかった。

「ラブラブだよ？　でもね、それとこれって、なんか違うんだよね」

いまのきみたちには想像つかないかもしれないけどね、と彼はやさしく言った。

「これはゲイだとか男女の夫婦とかってだけでなく、長くいっしょにいると、誰でもそうなんのよ。安心しちゃうと、家族っぽい感じになっちゃって。気持ち的にはつきあいはじめより、うんと大好きだけどね、べつにしようと思わないの」

颯生はその言葉に軽い不安を覚えたけれど、謙也は「そうかなあ？」と小首をかしげ、ずばっと言った。

「おれとかは、好きになったら、もっといろいろしたいって思っちゃうけど」

「ちょ、謙ちゃん」

顔を赤らめた颯生を「ほんとのことだろ」とじっとりした目で睨《にら》んでくる。

「でも、相手がいやがるようなことは、ぜったいしない。そんなの知ってると思ってた」

ソレを避けたことに対し、いささか謙也が気分を害しているのは間違いなく、颯生は肩をすくめた。そんなやりとりを、にやにやと笑って見ていた男は「なあんだ、充分アツいじゃん」とからかいの声を発する。

「そういう初々しいの、かわいくて好きだわ。そのテンション、続くといいね」

「続けますよっ」

どうかな、とからかわれ、ますますムキになった謙也に大笑いしたあと、彼はにやにやしながら、謙也の長い腕を思わせぶりに撫でた。

「ひとそれぞれだから、いいんじゃない？　まあ、うちの場合はオープンリレーションだし、刺激はよそで求めるけど」

しなだれかかる男に颯生がむっとするより早く、謙也のほうが腰が引けたらしい。微妙に身をよじって逃れていたので、口を出す必要はなかった。

「あっと、なんですかその、オープンなんとかって」

謙也が専門用語に目をしばたたかせる。男はそれにも喉を震わせながら補足した。

「要するに、つきあいとしてオープンで……その、パートナーとはべつのひとと寝たりとか、そういうのもOKっていう関係性のこと。でもセフレとかじゃなくて、恋人ではあるの」

「え？　それって、浮気じゃないの？」

「だから、浮気って概念そのものがない関係、っていうのかな？」

ぽかんとした謙也の反応に、相手は爆笑し、颯生も苦笑いするしかなかった。

オープンリレーションシップとは逆に、一対一の関係に限る場合は、クローズリレーションシップという。ゲイに限らず、アメリカあたりではメジャーな恋愛感覚なのだと教えても、謙也は目を白黒させるばかりだった。

「……ごめん、その考えかたって、やっぱよくわかんない」

「うん、わかんなくていいよ」

セクシャリティの問題にしろ、大抵のことにはあっけらかんと順応してきた謙也だが、それと恋愛に対しての概念はべつのものだったらしい。正直、それについては颯生もほっとした。颯生自身が、完璧にクローズ型の人間だからだ。

クラブなどが苦手なのも、もしかしたら無意識に感じる自分のなかのコンプレックスが理由なのかもしれない。同じ性的指向の人間にはアンモラルなつきあいを選ぶひともいて、開き直ったかのようにそれを男の生理だという考えが、どうしても納得いかなかったからなのだ。

じっと見つめあったあと、なんとなく笑いが浮かんだ。

（あ、伝わった）

思えば、お試し同棲のスタートから、物理的にすれ違ってばかりだった。謙也は忙しすぎて余裕はなく、颯生も颯生で、やはりどこかしら、緊張していたのだろう。

過剰に意識したせいでうろたえたけれど、謙也は謙也だ。なにも怯むことなどない。

お互いの感覚が近いことをたしかめあえて、安堵《あんど》の気持ちを共有するのが、こんなに心地いいことを颯生に教えたのは、彼だけなのだから。

「ああん、かわいいなあ、ふたりとも。よし、お兄さんがおごってあげる」

突然聞こえた声に、いま自分たちがふたりきりではなかったことを思いだし、颯生は赤面した。謙也もうっすら赤くなり、男の申し出にあわてて手を振る。

「え、いいです、いいです」

「遠慮しなくていいって。……ねえ、アレクサンダー、ふたつお願い！」

すぐ近くをとおったフロアスタッフに声を張りあげ、千円札を二枚握らせる。

「あまいふたりには、あまいお酒ってね。楽しんでって」

にっこりと微笑んだあと、小さな声で「ひさしぶりにダンナとやってみる気になったし」と告げた彼は、ひらひらと手を振ってフロアの奥に消えていく。

ちょうどDJが変わったらしく、さきほどまでのメロディアスなそれから、どかどかと激しい音楽に変わる。せっかくのおごりはありがたく頂くことにして、謙也と颯生はバーカウンターへと歩みを進めた。

「……なんつうか、濃いひとだったね」

「ごめんね、濃いとこ連れてきちゃって」

「いや、おもしろかった。っていうか……そっか」

機嫌よく笑った謙也が、いきなり颯生の手を握った。え、と驚いた颯生が謙也を見あげると「ここでは、こういうのしても、いいよね？」と目を細めてささやかれる。颯生も微笑んでうなずくと、指と指をぜんぶ絡めて、カウンターへと近づいた。

結んだ手は放さず、空いた手で茶褐色のカクテルを受けとる。なんとなく見つめあったままグラスを触れあわせると、ぽこんという間抜けな音がした。

「あれ、このグラス、プラスチック？」

「落として割れると大変だからじゃないかな」

なにしろ、床に立っているだけでも重低音の振動が伝わってくるほどだ。踊り狂う人間の間をスタッフが通り抜ける形でフード類を運ぶ姿に、なるほどと謙也がうなずいた。

「あんまこういうところの文化わからないから、おもしろいな」

「文化って、なにそれ」

「だってクラブとか、大学のころもろくにいったことないもん。おれ居酒屋派だったから」

「俺だってひさしぶりすぎて、よくわかんないよ」

謙也らしいと笑いながらグラスに口をつけたとたん、颯生は目をまるくした。

「なにこれ、あっま！」

日本酒党の颯生は、ふだんあまりカクテルを頼むことはない。まして、ここまであまったるいものを好んで口にすることもなく、意外な味に面食らったが、悪くはなかった。

「なんか、トリュフチョコみたい」

「ほんと、すっげえチョコレートだ。あとは生クリームと……なんだろ？　ちょっと、香辛料かなんかの香りが……」

「基本はブランデーとクレーム・ド・カカオ。リキュールですね。デザートカクテルの定番ですよ。あとうちのは、ちょっとオリジナルのスパイスも入ってます」

カウンターによりかかって話していたため、親切なバーテンダーがレシピを教えてくれた。

謙也は意外に気に入ったらしく「うちでも作ろうかな」などと相づちを打っている。

「あと口があまいので、よろしければこちら、どうぞ」

サービスです、と小さなグラスに満たされたそれは、さっぱりしたミントソーダだった。

口のなかを洗う程度の量だったけれど、ごちそうさまと礼を言って、また手をつないだふたりはその場を離れる。

激しく身をくねらせ、ときには絡みあって踊っている人間の大半が同性同士という、いささか不思議な空間。漂う気配は退廃的だけれど、颯生は謙也とただ手を握りあっているだけで、どきどきしていた。

「あ、さっきのひと」

「どこ？」

派手なプリントシャツの姿を発見したと謙也が言い、長い指で示された方向に、果たして彼がいた。パートナーだと言っていた男と、踊っていたが、颯生たちに気づいて軽く手を振ったあと、鬚の男の顔をぐいと引き寄せ、大変濃厚なキスをはじめてしまった。

それが呼び水となったのか、あちこちでキス大会がはじまってしまい、颯生と謙也は思わず怯んだ。

「……颯生。やっぱおれには、アウェー感強いよ、ここ」

「そうかも」

見ているほうが恥ずかしくなり、ふたりはもぞもぞと身じろいで目を逸らした。なんだか顔が熱くなってきた、と手のひらで仰いでいたが、いつまでも熱が去らない。

(あれ?)

激しく踊ったわけでもなく、せいぜいリズムを取る程度だったのに、額に汗が噴きだしている。むろん、ひといきれで熱い、という可能性もあるけれど、なにかおかしい。

謙也は火照った顔を手のひらで仰ぎ、革のジャケットを脱いで脇に抱えた。

「ね、颯生。なんか、ヘンに熱くない?」

「うん、熱い……酔ったのかな」

言ったそばから、それはあり得ないと思った。謙也も颯生も、アルコールには強いほうだ。たかがカクテル一杯くらいで、体温がこうまで上昇することなどない。

「汗すごいし。もうちょっと端っこのほういこうか?」

颯生がうなずくと、謙也が「こっちに」となにげなく肩に触れてくる。その瞬間、びくっと身体が跳ね、驚いたのはお互いに同時だった。

「……え、なに？」

ばくばくと心臓が高鳴って、震えた颯生のほうが呆然とつぶやく。指先までじんじんと痺《しび》れていて、身体が興奮状態になっているのはあきらかだった。

（これって、ドリンクのせいか？）

ただのアルコールではない気がする。やたら思わせぶりな名前のついたドリンクは、なにか、まずいものでも入っていたのだろうか。

もしかしたら、とんでもない場所に謙也を連れてきたんじゃないだろうか。にわかに怖くなり、颯生は自分の肩を抱いて震えだす。

「颯生、だいじょうぶ？　颯生⁉」

大音量の音楽が鳴り響くなか、会話するには耳元に口を寄せるしかない。わかっているけれど、過敏な身体の近くで聞こえる謙也の声は、いまの颯生にはあまりに毒だった。

（どうしよう、なんだこれ）

唇がわななき、こらえるために握った指を押し当てる。人差し指を強く噛んで、痛みに気がまぎれたのはほんの一瞬の話で、唾液に湿った指を自分の息が撫でるだけでも感じた。

立ちつくす颯生に謙也もおろおろしていたけれど、その肩を背後から、誰かが叩く。

「ちょっと、ねえ」

「えっ？　なんですか？」

声をかけてきた青年のほうへと謙也が顔を向ける。ぼそぼそとかわされる会話は、音楽と異様な熱のせいで、颯生には届かない。ただ、短い会話をすませた謙也の顔が、驚愕《きょうがく》に強ばっていることだけはわかった。

「――ってわけだから」

「わかった。ありがとう」

いいえ、とかぶりを振って、青年はまた音の洪水のなかに戻っていった。よくよく見ると、その胸にはプレートらしきものが留められている。

「颯生、ちょっとこっちきて。いま、お店のひとに説明されたから」

「な、なに、あ……っ」

腰を抱かれて強引に歩きだされると、まぎれもなく濡れた声が漏れた。もはや謙也にも颯生にも、この状態がふつうではないことはわかっていたが、とんでもないと混乱するばかりの颯生に較べ、謙也はいささか冷静だった。

さっさと颯生をフロアのセンターから連れだし、ロフトスペースの階段した、暗がりになった場所へと移動する。柱の影になったそこは、光と同時に音もブロックするのか、ほんの数メートル離れただけとは思えないほど静かに思えた。

「あのね、さっきのドリンク、ガラナと、薬が入ってるって」

「え……えっ？」

薬という言葉に颯生は一瞬怯えたが、謙也は落ち着けというように目をしっかりと見たまま、説明を続けた。

「あ、非合法のじゃなくて、薬草のエキスで、漢方の強壮剤らしい。ふつうは身体があったかくなったり、軽く運動したみたいに血糖値あがるくらいの効果しかないんだって。ただ、体質とか飲みあわせで、たまにすっごく効いちゃうひとがいるらしい」

「え、じゃ、じゃあ、俺」

「その、たまに、にぶちあたったんだと思う。同じの飲んでも、おれは平気だし」

突然の変調の理由がわかり、ほっとしていいのかうろたえていいのかわからなかった。だが、苦笑する謙也に掴まれた肩は、依然ぴりぴりして熱いままだ。

ごくん、と自分の喉が鳴るのがわかった。謙也は颯生ほどの効き目はないらしいけれど、彼の手のひらの形に肌が燃えるような気がする。

「わ、わかったけど、どう、すればいいの」

「……時間経ったら落ち着くらしいよ」

すこし言いよどんだ謙也の目を見つめる。潤んだ颯生のまなざしに、今度は謙也が喉を鳴らした。

「ほか、は？　なんか、言ってなかった？」

唇が乾いて、ひりつくそれを舐めながら問いかけると、謙也は目をしばたたかせた。「あ、えっと」と意味もなく言うのは、意識が散漫になっているからだとわかる。

「奥に、時間でチャージできる、部屋あるって」

謙也の声が低くひずんでいた。聞き覚えのある、欲情したとき特有の、ノイジーな響きのそれに颯生の腰がずんっと重くなる。

（なにそれ。ガラナいりのドリンクに、ヤリ部屋あるようなイベントって。なんちゅうとこに謙ちゃん連れてきちゃったんだよ！）

一日中、部屋のなかで爛《ただ》れたことになるのが怖くて、こんなところまで連れだしたくせに、じっさいにはまるで逆の結果になってしまった。

かすかに残った理性が、自分の思いつきを罵倒《ばとう》しまくる。ばかなことしないで帰ろう、そう言いたいのに、口にできたのはたったひとことだ。

「……それで？」

「颯生がしんどいなら、そこで休んでっていいよ？」

ひとこと口にするたび、距離が縮まっていく。呼気がお互いの肌をかすめ、颯生の額から滲《にじ》む汗を、謙也のシャツが吸い取った。

「ね、どうする？　颯生がいいようにして。おれは、どっちでもいい」

「でも、あの」

「怖がらせたと思うから、したくないなら、ちゃんとしないで、ただ休んで、帰るから」

壁と謙也の間に挟まれる形になり、頭につけた唇からのささやき声が髪の毛を揺らす。それだけでがくがくと膝が震えて、颯生は謙也の胸にすがりついた。

薄暗いダンスフロアの片隅。いくら端のほうにいるとはいえ、狭い空間で、ひとも密集していて、みんな見ているかもしれない。

けれど、酔いに濡れた謙也の目に、腰を抱いた手のひらの熱さに、すべてがどうでもよくなった。

嚙みつくように唇を求めたのはどちらのほうからだっただろう。深く嚙みあうよう、髪を摑んで首をかたむけたのは？　舌を滑りこませたのは？

もうそんなこと、わからない。

「んっ、んっ、んんんっ」

ぐっと腰を押しつけられ、膝が萎《な》えそうになった。壁に押しつけるようにしてキスを続ける謙也の息が荒く、意図的なのか、無意識にか、ぐいぐいと腿の間に挟んだ脚を動かされ、自分の先端が濡れるのがわかった。

「けん、謙ちゃん、けんちゃっ」

「ん？　なに？」

まともに会話するのもままならないくらいに興奮していて、そのうちろれつもまわらなくなる気がした。必死になって颯生は声を絞った。

「横に、なりたい。奥、どっち？」

立っているのがやっとの状態で、連れていってと告げたとたん、颯生が壁だと思っていたそこがいきなり背後へと動きだす。

「えっ？」

「ここ、ドアだから」

かしいだ身体は謙也がしっかり支えてくれて、まろぶようにして颯生は奥のスペースへと進み、背後で防音の効いたドアが閉まった。

オレンジの照明は、フロアに較べれば妙に明るく感じる。絨毯《じゅうたん》じきの廊下へと移ってはじめて、謙也がカードキーを持っていたことに気がついた。

「いつ、そんなの……」

「さっきその場で商談成立。右の奥、……あれか」

ナンバーだか名前だか知らないけれど、金色のプレートがはまった木製のドアが、明滅する視界にぼんやりと映った。だが文字まで読みとるより早く、謙也になかば抱きかかえられるようにして、部屋のなかへと滑りこむ。

「んー……っ！」

キスがはじまった。閉まったドアにまた押しつけられる形ではあったが、唇は颯生から求めた。無理やり中断されたさきほどの口づけが恋しくて、謙也にしがみついたまま何度も舌を吸いあげる。

部屋に設置されているらしいスピーカーから、フロアでは爆音で流れていた音楽が、ほどよいボリュームで聞こえてくる。荒い息づかいに混じるハウスミュージックは、官能の興奮を途切れさせないための演出のようだった。

「た、たって、られない」

「ん、こっちきて」

腕を引っぱられ、すぐそばにあった、ソファだかベッドだかわからないもののうえに倒れこむ。灯りもつけていないから色は判然としないけれど、薔薇の花がモチーフなのか、放射状にクッションが連なるような形をしていて、座面と背面の区別はなく、ゆるやかなカーブが斜めにせりだしている。

どう考えてもセックス向きのファニチャーは、あまり品のいいデザインとは言えなかった。だが広さだけはあって、謙也と颯生がもつれこんでも充分に受けとめてくれる。合皮だろう表面がきゅっと音をたて、奇妙なおうとつに背中をこすられた颯生があえぐ。

キスを続けたまま抱きあって転がった。謙也が颯生の尻をきつく掴んでくる。お互い無言で、蹴り脱ぐようにして邪魔な下肢の衣服を引き下ろした。完全に脱ぐ余裕もなく、膝で絡まったそれをよそに、謙也が手を伸ばしてくる。

「ごめん、颯生、握って」

「あ、う、んん、ん」

腕と腰を摑まれ、逃げ場のない状態で、手にはふたりぶんのそれを握らされた。

「服、汚すとまずいから。こうしとくから……うん、それでして」

謙也は颯生の指のうえから大きな両手をふたりの先端にかざし、包むようにしてカバーする。ボトムだけを押し下げたまま、ぴったりと下半身を重ねた。

お互いの熱がこすれあう。それをまとめてしごくだけでも刺激は強いのに、謙也は腰まで動かしてくるから、まるで手のひらとそれとを同時に犯されている気分になった。

「けん、謙ちゃん、やらしいよ」

「ごめん、とまんない……すぐいくから、我慢して。ね？」

すぐだから、と繰り返し、謙也は颯生の唇を何度も吸い、舌を差しいれた。あとでこうしたい、と考えているかのような抜き差しに口腔が痺れ、颯生も全身を強ばらせる。

「んうっ！」

深く舌を吸いあったまま、颯生はいきなり射精した。全身がバウンドするほどの快感に涙を滲ませていると、謙也も喉奥でうめいてあとを追う。

はっ、はっ、と短く息を切らしながらキスをほどくと、唾液がぬめって糸を引く。舌で絡めて切った謙也は、ふたりぶんの体液を受けとめた手をじっと眺め、颯生に言った。

「ねえ、脚、開いて」

なにをするつもりか、訊くまでもなかった。まともな判断もなにもできず、颯生は従順に脚を開き、謙也の手が動きやすいように、自分で腿を抱えてすらみせる。

どろりとぬるいそれを謙也は手のひらのうえで集め、ひさしぶりの場所に塗りこめてくる。身体が興奮しているせいか、すぐに開いて指を受けいれ、颯生は唇を噛んで仰け反った。

ごそごそと、奇妙なソファベッドの近くにあるテーブルを探っていた謙也は「あった」と小さくつぶやいて、使い切りのローションパックを取りあげ、口で封を切る。

「完全にヤリ部屋なんだね、ここ。ローションに、ゴムに、ちっちゃいオモチャまで置いてある。……颯生、オモチャ好き？」

「や……」

潤いを足され、派手な水音が立つ。謙也の指はふだんよりいくらか乱暴に思えたけれど、その激しさがいまはすべて快感になった。

「使ったこととかある？」

不穏な声に問われ、颯生はびくっと小さく震えた。肯定も否定もできないまま顔を逸らすと、謙也の機嫌が急下降する。

「……あるんだ、ふうん」

「やだ、ちがう、やだ、あっあっあっ！」

感じる場所を知り尽くした指が、敏感なしこりを指の腹で押し撫で、二本に増やされると軽くつまむようにして圧迫してくる。爪先《つまさき》が攣《つ》るかと思うほどに反り返り、颯生は半泣きで許しを請うた。

「まだ、な、慣れないときっ、拡げるのにつかっ……使った、だけ」

「ここ？　とろとろにしたの？　よかった？」

「む、昔はそうじゃなかっ……やだ、謙ちゃん、けんっ……！」

引き抜いた指の代わりに、薄いゴムを纏った謙也が押しこまれた。颯生は口を大きく開けたまま目を瞠《みは》り、謙也の腕にぎゅっと爪をたて、声もなく小刻みに全身を震わせる。

「ああ、汚したらまずいから、颯生もつけようね。いっちゃだめだから、ね？」

「やっ、いやだ、触るな、さわら、ない、で」

うっかり射精しないようにぐっと根元を押さえられ、手早くスキンを装着された。ゴムをカバーするジェルの冷たさと、まるっきり作業的な謙也の手つきにすら腰が痺れ、深く彼を呑みこんだまま、かくかくと揺れる。

「これでいいよ、いつ出しても平気」

「ひっ……ひ……」

なにか、ものすごい辱めを受けたような気分がするのに、謙也は何度もやさしく髪を撫で、頬をついばんでくる。その間にもゆったりした動きで腰を使われるから、熱がさがりきらずに苦しい。なじるように、真っ赤な目で睨みつけると、謙也がふっと微笑んだ。

「オモチャ、いや？」

無言でうなずくと、とん、と軽く突かれた。

「おれがいい？」

こくこくとまたうなずく。今度はもうすこし、腰の動きが大胆になる。

「謙ちゃんの、じゃないと、いやだ」

「おれの、なに？」

くすくす笑いながら問う謙也の頬を思いきり引っぱったあと、首筋に腕を絡めて引き寄せ、耳を舐めた。今度は謙也がびくりとする番で、颯生は艶冶《えんや》に唇を歪《ゆが》める。

こうなったらもうやけくそだと開き直り、耳に息を吹きこむようにして、颯生は言った。

「熱いの、おっきい……を、俺の――に、いれるのが、いい……んっ、あ！」

卑猥にもほどがある言葉をささやいたとたん、体内の謙也がものすごい勢いで跳ねた。身をよじった颯生はむろん感じてもいたけれど、ストレートな反応には思わず笑ってしまう。

「くは、はは……謙ちゃん、わかりやすすぎ」

「うるさいよ。言葉責めは卑怯でしょ。ていうか笑うの禁止、絶妙に締まるからっ」

たまらないとうめいた謙也がぐっと腰を送りこんできて、颯生はもう笑っていられなかった。目を閉じてもぐるぐると世界がまわり、耳にするのは自分のあえぎと、謙也の息が切れる音、そして鈍く響く音楽だけだ。

（そういえば、イタリア人ってセックスのとき、ぜったい音楽かけるんだっけ？）

どこで聞いたのか忘れたような、根拠のあやしいトリビアを思いだしながら、うねるような音楽が官能を激しく増幅させることにはいやでも気づく。

「いい？　颯生、いい？」

こういう時間にしか聞けない、なにかに追い立てられるような声で謙也が問いかけてくる。

いい、すき、と小さな声で答えながら、颯生も奔放《ほんぽう》に身体を揺らした。

本当に、これに飽きる日がくるのだろうか。求めてもらえなくなる日がきたら、どうすればいいんだろうか。そう思うと、もう逃げ腰になんか、なっていられない。

不安が増幅させる欲情にまかせ、謙也の腰に両脚を強く絡め、颯生はせがんだ。

「いっぱい、いっぱいして」

「颯生……？」

「つ、突っこんだまま、一日中、していい、か、ら」

お願いだから、この身体に飽きても、自分には飽きないでほしい。言えなかった願いをこめて、潤んだ目で見つめると、謙也が顔をしかめ、そのあとすぐやさしく笑った。

「なに考えてるか想像つくけどさ。そんなこと言うと、困るの颯生だよ？」

「うあっ」

さらに深く踏みこまれ、そのあと立て続けに小刻みに突かれて身体が跳ねた。キスを交わし唾液を混ぜあい、粘膜を絡めあって同じ快感に身を浸す。

「……おうちに帰ったら、ほんとに、やりっぱなしにしちゃうよ？」

「あっ、あっ、いいっ、あっ」

がくがくとうなずく颯生の髪をかきあげ、ピアスのうえから耳を舐められる。お返しに颯生は左手を掴み、薬指をくわえてしゃぶった。痛いことをされたかのように謙也が片目を眇《すが》め、颯生の唇のなかで指を卑猥に抜き差しする。

「んなこと、されるとさ。毎日とは言わないけど、ほんとにサルになっちゃうけど」

我慢してたよ、わかってた？

ささやく声にすら感じて、もうあとは会話もなく、身体を絡めてのたうった。

謙也の腹にこすれる先端が、被膜のなかで濡れていく。腰に響くリズムと、汗に湿った身体。シャツが皺になることも、もうどうでもいい。貪《むさぼ》る快楽に、ただ溺《おぼ》れきる。

キスと愛撫、挿入《そうにゅう》された熱い性器と包みこむ粘膜、その間にはぬめる体液。雑念の混じる余地のない密接なつながりに、颯生は声をあげ続ける。

「うく……っ」

ぐっと折り曲げられた体勢で抜き差しされると、その息苦しさと快感に酔わされる。

身体の間でひくついている性器を謙也が手のひらに包み、シャツをまくりあげて自分の腹へと押しつけるようにして転がされると、全身が震えるほどに感じた。

「うあ、やだっ……」

すこしざらつく手のひらと、くっきりと浮いた腹筋の狭間でいじられ、汗の浮いた皮膚に先端をこすりつけられる。表と裏と、違う感触に身悶え、颯生は爪先を突っ張ってこらえた。

「あ、あっあ、あう、もう……も、もう」

頂点への到達はあっという間で、絞りあげるように内側が収縮する。気づいた謙也は眉間に皺を寄せたまま、どろりと色気のしたたるような顔で笑った。

「ああ、颯生、いく？　いきそう？」

「うん、いく、あ、ああ、あ！」

びくっと全身を震わせた颯生が達し、謙也の動きがさらに激しくなった。ややあって小さくうめいた謙也が、肩にきつく指を食いこませ、背中を反らすようにして射精する。

つながったままの場所が何度も痙攣《けいれん》して、彼の萎えていく感触すら貪欲に味わっていた。

（すごかった）

ひさしぶりの行為は、ひどい虚脱感を運んでくる。謙也も放心したように、息を切らして黙りこんでいたけれど、ぶるっと頭を振って我に返ったのは彼のほうが早かった。

「ゴム、とらないと、ね」

「あ、う、うん……」

手近にあったティッシュを引き抜き、強引にかぶせられたそれを謙也がはずそうとする。颯生は恥ずかしさに顔を腕で覆っていたが、「あれ？」と小さな声を出した彼に、なかば閉じていた目を開く。

「どしたの？」

「いや……颯生、出なかった？」

驚いて身体を起こし、確認すると、たしかに射精した様子はなかった。謙也に抱かれ、女性のように挿入されただけでいったことは、はじめてではない。

ときどきこうなることはあって、けれどやっぱり、恥ずかしい。なにがと言えば。

「だから、なんでそう、嬉しそうな顔すんの。つうか、早く抜いて、それ！」

「ええ、いやあ。やっぱ、ねえ」

なにが『ねえ』だ。睨みつけると、にんまりした謙也は、またとんでもないことを言った。

「だいじょうぶ、確信した。おれ、颯生だったら七十になっても抱ける。きれいでかわいいおじいちゃんになるよねきっと」

「ばかっ」

だいぶ熱もおさまった颯生は相好《そうごう》を崩《くず》した謙也の頭をひっぱたき、さっさと離れろと足蹴《あしげ》にする。ひどいと言いながらも謙也はご機嫌で、まだぐったりしている颯生の身体の後始末まで請け負った。

よくよく冷静になって周囲を見まわすと、ソファベッドの隣のテーブルには、ご丁寧にもジェルにローション、おしぼりまで常備されている。完全にヤリ部屋だ、とあきれつつ、表向きはおしゃれなこのクラブにも、裏の顔があることに微妙な気持ちになった。

まあ、堪能しきった身としては、なにを言える立場ではないけれど。

「颯生、疲れた？ ぼーっとして」

ぼんやりしたままの颯生を、謙也が心配そうに覗《のぞ》きこんでくる。ひょいと近づかれても、

「あ、いや……」

ここ数日のようにびくついたりもしないことに気づき、颯生は自分にあきれた。

（ばかは俺か）

多少は酒に踊らされたとはいえ、セックスすればこんなに夢中になるくせに、妙に意識して逃げるような真似をしたり、いまさら、つきあいはじめのころのようなおっかなびっくりの反応をしていたことが、むしろ恥ずかしい。

やはり、新生活に対して気負っていたのだと、妙な解放感を覚えながら自覚する。

これだけあまやかしてくれる相手に対して、熱がさがるのではないかと不安がっているほうがおかしいのだ。

転がったまま謙也を見あげていると、彼は額の汗を手の甲で拭ったあと、自分と颯生の姿

を眺めてため息をついた。

「服、ぐっちゃぐちゃになっちゃったね」

「謙ちゃんはいいよ、着替えあるじゃん。着てきたの」

汗に湿ったシャツの襟元《えりもと》を引っぱって告げる謙也に、颯生はあきらめたような顔で自分の衣服を見おろした。だが、いまさらながら申し訳なさそうな顔をする彼にいつまでもむくれてみせるわけにいかず、ボトムを引きあげながら一応のフォローをする。

「まあ、いいんじゃないの。パーティーだし、お祭りだし」

気を軽くしてやろうと思ったのに、謙也はその言葉に眉を寄せた。

「どしたの」

「……思いだしちゃった。レセプションパーティー。祥子は連れてかなきゃなんないし、小池さまもたぶん、くるんだよなあ」

さきほどまでのご機嫌さはなりをひそめ、どんよりと気配が曇った。情けなく眉をさげた謙也は、本当に笑美理が怖いらしい。

「最悪、現場ではちあわせるかもね」

「怖いこと言うなよっ」

からかってみたものの、声をうわずらせた彼が広い肩を落とすのが哀れで、颯生は両手を広げて差しだした。

「謙ちゃん、こっちおいで」

言ったとたん素直にぺったりあまえてくる謙也を抱きしめ、颯生はもう一度寝転がる。

よしよしと形のいい頭を撫でてなだめながら、颯生は考えをめぐらせていた。

(なんとか、してやれないかなあ)

謙也にはかつて、昔の男についてトラブルになりかけたとき、助けてもらった。あの微妙で情けない気分を、彼に払拭してもらえたとき、本当に嬉しかったし、ありがたかった。

あのお返しを、自分なりにできないものだろうか。せめて、なにかしらのフォローくらいはしてやれないのか。

部屋の天井《てんじょう》をじっと見あげた颯生の目は、思案に暮れながらも濁りはなかった。

＊　＊　＊

またたく間に日はすぎていき、いよいよインターナショナル・ジュエリーフェアの開催日が訪れた。

「じゃ、きょうはこれから直接会場入りで、直帰だな」

「はい。あしたには通常どおり出社しますので」

課長への報告をすませた謙也は、自分のデスクに戻ると出かける支度をはじめた。出社したのはいくつかのメールと電話を受けなければならなかったからで、それは朝一ですべてすませた。

フェア参加のため、取り急ぎ始末しなければならない業務は昨日のうちに終わっている。

あれからまた、残業続きの日々だった。棚卸しがすんだとはいえ、新人相手の指導はまだ終わっておらず、五月まではこの慌ただしさは続くだろう。

（まあ、それでも、あしたを乗りきれば、なんとか……）

祥子との約束も果たせるし、小池笑美理と対面する可能性も減らせるはずだ。謙也はおのれに言い聞かせながら、すっかり身に馴染《なじ》んだ指輪をそっと撫でた。

ここしばらく気分的にだいぶ明るいのは、颯生の家から出勤するのに慣れたのと、多少は帰宅時間が早まったことが大きい。そして、十日間のすれ違い生活のあと、クラブの怪しげな部屋で抱かれてくれた颯生と、今度こそ蜜月状態にあるからだ。

ふたりの時間には、端から見たらうんざりするほどいちゃついている自覚はある。むろん、セックスについても、颯生の負担にならない程度に気をつけつつ、わりと激しくあまい。

本日のパーティーの件さえなければ、いまの謙也は幸せの絶頂と言ってもよいほどだ。

（にしても、どうしようかな。祥子いなくなったら、おれ、颯生んちから出たほうがいいんだろうな……）

五月には正式な同居に至れると知っていても、ひとりの部屋にいまさら戻るのは寂しい気がした。だがけじめのないことは颯生がいやがるし、なにより彼は言っていた。

――寂しいなあ、と思うときって、すっごい好きだな、とか、思うわけで。

――そういうのも、あとちょっとだから、味わっておこうかなとか。

ばいばい、またね、と言う瞬間の、うしろ髪引かれるあの感じ。これから同居するにあたって、颯生のありがたみを再度噛みしめるためにも、やはりいったん自宅に戻ったほうがいいのだろう……。

「お疲れさん、羽室」

「あ、ああ、どうもお疲れさまです」

物思いにふける謙也のまえへ、ひょっこりと顔を出した野川は、左の指にあるリングを眺め、ため息をついた。憂い顔の意味に気づいて、野川は「おまえもほんとに、災難だなあ」と同情の笑みをみせる。

「しかし三橋《みつはし》ちゃんも、いいアイデア出したもんだよな。カムフラ用の指輪ってか」

「婚約したって言い張ればどうだって、格安で作ってくれたんです。試作品だからって」

「おまえの彼女はそれでいいって？」

野川には謙也に彼女がいることは知られている。当然の問いに、謙也は用意しておいた答えを告げた。

「……じつは、そっちにもお揃いのジュエリー、作ってくれたんで」

「あ、そういうことね。やるじゃん」

野川に小突かれ、謙也は照れ笑いをしてみせた。

（まあ、彼女と作った本人とが同一人物だけど）

嘘と本当が半々の言い訳は、社内の誰も疑っていない。幸いなことに、いまのところ笑美理は会社まで押しかけてくることはないが、かつて謙也を待ち伏せしたという話は知れ渡っていて、誰もが同情的な視線を向けてくるほどだ。

颯生のデザインした指輪であることも、あえて話しておいた。オリジナルデザインであるそれを、どこで購入したのだと詮索《せんさく》されたり、うっかり目利きの相手に彼の手がけたものだと見破られるより、ある程度の真実を喧伝《けんでん》したほうが心配がなかったからだ。

「いまのところ平和ですけど、いつまた、いきなりくるかわからないですしね。早いところべつの相手に夢中になってくれないかなあ、と思うんですけど」

「いっそお嬢さま、サム・スンジュンの追っかけで、韓国に留学とかしてくれりゃな」

野川の言葉に「それいい案だ」と謙也は力なく笑う。彼のもたらした情報により、おそらく笑美理はきょうのパーティーに確実に出席してくるだろうと判明したからだ。

「まあ、いまのところ実害はねえけど、気分的に重たいよな。きょう一日、とにかく乗りきってこいや」

「……そうですね」

苦笑いして、謙也はパーティー用のスーツの入ったガーメントケースを手に取った。フォーマル服を会社から着ていくのも妙な感じだし、パーティーの時間までは展示会場を見てまわる予定なので、着替えは場内の控え室ですませることにしていた。

展示会からパーティーに出席する関係者も多いため、着替えのために一室押さえてあるそうだ。むろん、立場のある者やＶＩＰなどは、近隣のホテルに部屋をとっているらしい。

「じゃあ、ぼちぼち出ます」

「いってらっしゃーい。がんばれよ」

ひらひらと手を振る野川の励ましに手をあげて応え、謙也は歩きだした。

＊　＊　＊

祥子との待ちあわせは、ビッグサイト会議棟のまえ、アトリウム付近と決めていた。

展示会をひととおり見終えた謙也は、念のため余裕を持って着替え、祥子を待っていた。

暇つぶしに、きょうの会場で見たブースで、いくつか気になったところなどをピックアップしておいた。そのレポートの下書きを手帳に書きつけていたが、教えておいた時間になっても彼女はなかなか現れない。

「……おっそいな」

まだレセプションの開始時間にはしばらくあるが、なにしろ初参加のパーティーだ。不手際がないように早めに会場入りしたかったのだが、予定より十分は遅れている。

（けっきょく、遅刻癖は直ってないのか？）

いらいらしながら腕時計を覗きこんだ謙也は、「ごめん！」という声が聞こえて顔をあげる。声のしたほうを見れば、軽く小走りになって祥子が近づいてきた。

「ごめんね、待たせちゃった！　渋滞はまっちゃって、なかなかここ、こられなくて！」

手をあわせて拝みながらの言い訳に、謙也は唇を歪めて小言を言った。

「でかい催事だから来場者多いし、車はやめろって言っただろ」

「ごめんてば、東京の車事情、うっかり忘れてたのよっ」

階段をかけあがってきた、と胸に手をあてて呼吸を整える祥子のコートははだけ、ジョーゼットの黒いドレスが身体の動きに連れてひらひらと揺れた。裾は山切りカットになっていて、不揃いなそれが脚を長く見せ、ほっそりした身体によく似合っていた。

アップにした髪もなかなか決まっている祥子の耳には、あのピアスがちらりと光る。連れとしては、けっこう自慢できるレベルの美女ぶりに、謙也は「へえ」と感心した。

「へえってなに」

「いや。そうしてるときれいだなあと思って」

しみじみと言った謙也に、祥子は目をまるくした。

「そうしてると、ってのがよけいだけど。でも褒めてくれてありがとう」

微笑んだ祥子とは、三週間ぶりの対面だ。彼女に部屋を提供している間、謙也は本当に一度も、祥子と会わなかった。彼女のほうが必要ないと言ってきたし、じっさいろくに部屋にもいない状況で、謙也が荷物を取りにいっても、いつも部屋は無人だった。

どうしているかと心配してもいたのだが、慌ただしくしている間に、けっきょくこの日まで一度も会わずにいた。ひさしぶりに姿を見て、謙也はそっと眉をひそめる。

(こいつ、また痩せたか？)

丹念なメイクのおかげで、顔色のよしあしは、はっきりわからない。けれど、こけた頬の翳りはチークでもごまかせていない気がした。なにより、胸元の空いたデザインのせいで、くっきりと浮きあがった鎖骨や肩のあたりが、以前の記憶よりずっと尖っている。

「なあ、祥子。おまえ痩せた？　ここんとこ、ちゃんと食ってたか？」

思わず心配で訊いた謙也に祥子は目をまるくし、そのあと「あははっ」と軽やかに笑った。なぜ笑われたのかわからず、謙也が戸惑っていると、肩をばしばしと祥子が叩いてくる。

「ありがとありがと、心配してくれて。でも、東京きてからは痩せてないよ」

「でも……」

「ほんとだって。部屋貸してもらうまえに会ったときと、同じ体重だってば。三年まえよりは、そりゃ、肉は落ちてるけどね。あのころは若くてぱっつぱつだったのよ」

別れるまえの記憶と較べるなという祥子の表情に嘘はない。ではこの三年、いったいどうしていたんだと訊きたくなる自分を謙也はこらえた。

「ともかく、いこう。早くしないとはじまっちまう」

「うん！　あー、嬉しい、生スンさま……っ」

すくなくとも、拳《こぶし》を握って興奮をこらえ、じたばたする祥子の目は輝いているし、元気そうだ。あまり心配することでもないかとほっとして、謙也は彼女と連れだって会場へと向かった。

受付で招待状を渡し、荷物とコートをクロークに預けて、レセプションホールに入る。

場内のきらびやかさに、催事にはだいぶ慣れている謙也も思わずつぶやいた。

「すっげ……」

さすがに芸能人が大量に参加するパーティーだけある。広いホールの正面、ステージのあたりには眩しいくらいのライティングがあてられ、周囲をずらりと囲んだカメラの姿が妙にものものしい。

立食形式のため、センター部分には白い布がかけられたテーブルに、各種の料理や飲み物が用意され、ステージに向かって左右のサイドには、ＶＩＰ用にブロックで区切られたテーブル席が一段高い位置に用意されていた。ベストドレッサー賞の受賞者やその関係者などが座っていて、祥子は目当ての姿を見たとたん、謙也の腕をぎゅっと握りしめる。

「け、謙也。もうちょっと近くにいっていいかな？　いいかな？」

「あー……様子見しながら、近づいてみるなら」

正直に言えば、ステージ中央近くには謙也が見てもわかる大御所クラスの会社役員らがうようよしていて、あまり近づける空気ではない。そわそわする祥子を「空気読めっ」と小さく叱りつけ、謙也はそれとなくあたりを確認する。

（いないかな……まだ）

なにしろ数百人はいるパーティーでは、知った顔を見つけるのも一苦労だ。できればこのまま、笑美理に見つからないでいられれば――と祈る謙也の耳に、ぱしゃ、という電子音が聞こえてぎょっとした。

「こらっ、祥子！　勝手に撮るな！」

彼女のかまえた携帯を見つけ、謙也はどっと冷や汗をかく。小声で叱りつけ、誰にも見られていないかと、謙也はあわてて周囲を見まわした。幸い、見咎めるものはいなかったようだが、大急ぎで祥子の携帯を取りあげる。

「え？　いけないの？　だって注意されなかったし、携帯持っててＯＫだったし」

「するはずがないっていう前提なんだよ！　どうしてもスンさまの写真欲しけりゃ、あとでプレス用の写真、コピーしてもらってやるからっ」

わあい、と暢気《のんき》に喜ぶ彼女を見て、脚が萎えそうになる。本当にこのパーティーの間、自分の神経は保つのだろうか。謙也が襟元に指を突っこみ、息苦しさを逃そうと首を振ったところで、後頭部がちりりっと痺れる感じがした。

(え)

このいやな感じは、まさか。目だけをそっと動かし、謙也は斜めまえの位置にある、大ぶりの花器を見つめた。曇りのない銀でできたそれは、多少の歪みをみせながらも、謙也の背後にいる人物を映しだす。

「あ、あ、あ」

じいっとこちらを見ていた、ピンク色のパーティードレス姿の女性がいる。顔かたちははっきりと見えないけれど、あれは、おそらく——。

「謙也、どうかしたの? 顔、真っ青じゃん」

祥子に声をかけられ、びくっと身体が震えた。身動きもろくにできず硬直している謙也を訝《いぶか》しんだ彼女は、なにかに気づいたように振り返る。

「ちょっと、なんかこっち睨んでる子がいるんだけど。若い、二十歳くらいの女の子?」

「う……」

うめき声をあげた謙也は、反射的に左手の薬指に触れる。

（助けて、颯生）

小池笑美理の姿を見つけたとたん、自分でも驚くくらいに身体が強ばった。

一度あきらめてくれただろうと安心しただけに、じつはそうではないと知って以来、笑美理に対しての不快感と恐怖心は以前の比ではなくなってしまったらしい。

「ねえ、どうしたのよ。なんなの？　あの子」

「ＶＩＰ客の、お孫さん……」

かすれた声で答えた謙也に、祥子は納得がいかない様子で鼻を鳴らした。

「お客さん？　それだけじゃないでしょ、そのうろたえようは。いったい、なんなのよ」

「いや……はは……ちょ、ちょっと会いたくなくて」

「なにがあったの？」

ごくりとからからになった喉を嚥下《えんか》させ、謙也はがちがちの身体に笑美理の視線が突き刺さってくるのを感じながら、小声で説明した。

「ちょっとまえに、ストーカーされてたんだ。ふってもふってもあきらめてくんなくて」

「……手ぇ出したの？」

とんでもない、と思いきりかぶりを振ってみせると、祥子はしげしげと笑美理の姿を眺め、

「それもそうね」と言った。

「謙也の好みとまるっきり違うもん、あの子」

「え？」

「あんた、血統書つきっぽい猫系の顔好きでしょ。あのお嬢、タヌキ顔じゃない。そんでもって、謙也って好きなもの以外は目もくれないし」

思ったよりもこちらのことを理解している台詞《せりふ》に、驚きが隠せなかった。祥子を凝視すると「これでも一応、彼女だったんですけどぉ？」とにやりと笑う彼女は、謙也の左手を指さした。

「で、もしかしてそのリングって、魔よけ？　この間は、してなかったもんね」

気づいていたけれど、あえて突っこんでこなかったということか。意外な洞察力に驚きながらもうなずくと、「なるほどねえ」と祥子はしたり顔でうなずいた。

「なんか謙也も大変だったみたいね。……てか、お嬢ちゃん、こっちにくるわよ」

「あああああ……」

もはや観念するほかになく、謙也はぎくしゃくと身体の向きを変えた。笑美理は謙也の顔を見て、とても嬉しそうに微笑んでみせる。にっこりと、邪気のない笑顔がおそろしい。

「ふった男にあの顔できるかあ。手強そうだね、見た目どおりじゃないってとこかな」

「やめて、怖いから」

祥子の分析に血の気が引いていく。まさか妙な絡みかたをしてはこないだろうと思いつつも凍りついていた謙也の腕に、するりと細いものが絡まってきた。

「祥子?」

「連れてきてくれたお礼。協力してあげるよ。隣に女がいりゃ、すこしは違うでしょ」

隣の彼女の存在が、やけに頼もしく感じられた。ぴったりと身を寄せてくる祥子は細くてやわらかいのに、いまの謙也には誰より大きく感じられる。

会場のライティングが落ち、照明がステージにあたった。テレビのワイドショーでも知られた有名司会者が、明朗な声で開会の挨拶《あいさつ》を告げる。

『ただいまより、第十八回、インターナショナル・ジュエリーフェア・レセプションパーティーを開始いたします!』

わっと拍手がわきおこり、まわりの目はすべてセンターのステージに向けられた。

けれど謙也は、祥子と笑美理の三人で、周囲から切り取られた異空間にたたずんでいる気分だった。

「こんばんは、羽室さん」

「……ごぶさたしております、小池さま」

にこやかで嬉しそうな笑美理に、謙也も営業スマイルで答える。もはや反射でこの顔が作れるようになったな、と頭の隅で考えていると、微笑みをまったく崩さないまま、彼女はいきなり言った。

「この方なんですか」

「え？」

「以前、おつきあいなさってる方で、結婚する気はないって仰《おっしゃ》ってたの。この方ですか」

世間話から探りをいれるでもなく、直球でどかんときた笑美理は、大きな目を異様に輝かせていた。あの、自分の目標だけを見据える、視野の狭い目つきだ。

微笑みながら祥子を睨みつけるという器用な真似をする彼女は、自分には詰問《きつもん》する権利があると思っているらしい。

（やっぱり怖いよ、この子！）

あんたに関係ないだろ、と言いたいところだが、あまり刺激したくはない。謙也はぐびりと息を呑み、背筋の悪寒《おかん》をこらえながら口を開いた。

「いや、そうじゃなくて、彼女は——」

「納得です」

「えっ？」

友人で、と告げるはずの言葉は、笑美理の満面の笑顔に打ち消された。

「この方、さきほどからとても、見苦しいことばかりなさってましたから」

ちらっと祥子のバッグへ視線を送るのは、携帯のカメラで撮影したときのやりとりを見ていたぞ、という意味なのだろう。その目つきは、笑みのかわいらしさを打ち消してあまりあるほど冷ややかで、謙也は両腕に鳥肌がたった。

さらにおそろしいのは、もはやどこへ飛んでいくのかわからない、笑美理の三段論法だ。

「羽室さんのように、やさしくてしっかりした方の奥さんには、とても向いているとは思えませんね」

だからどうして、奥さんの話が出て、彼女がそれを非難するのか。両隣にいる女性はふたりとも謙也の恋人ですらないのに、なぜこんな修羅場《しゅらば》じみた空気になるのだろう。

「あの、だから、祥子は――」

否定を口にしかけた謙也の声に、これまたわざとらしいほど尖った声がかぶさる。

「ちょっと謙也、あんたこんな小娘とつきあってたの？　悪趣味ぃ。信じらんない」

つきあってないし！　という謙也の抗議の声は、どこにも発せられることがなかった。笑美理がさらに笑みを深め、ずいと一歩まえに出てきたからだ。

「あなたみたいな方と、羽室さんがおつきあいなさっていた事実のほうが、信じられませんん」

「なさっていた？　あら、なんで過去形？」

せせら笑うように、祥子は顎をあげた。なにかをにおわせる言葉に、怪訝そうに笑美理が目を細める。祥子はふっと勝ち誇るように笑い、謙也の左手を摑んであげさせた。

「これの意味、わかんないわけないよね？」

「なっなんですか、それ……」

笑美理は青ざめ、どういう意味だ、というように、謙也を凝視した。思わず口を開きかけた謙也の手首に、祥子の爪が強く食いこむ。

「いっ……」

小さな謙也のうめきをかき消すように、祥子は声を強くした。

「なんですかって、お嬢さまにもわかるように言ってあげるわ。謙也、婚約したの。だから、あんたもう、出る幕ないのよ。引っこみなさい？」

真っ青になった笑美理はうろたえたように目を泳がせ、その後、祥子の左手に目をやった。そこにあるべきものがないことで、彼女は活路を見いだしたかのように嚙みついてくる。

「あ、あなたはしてないじゃない！　嘘つき！」

「いまはサイズ直しの最中なの。ちょっと急に痩せちゃったのよ」

そんなこともわかんないの？　とでもいうように、祥子はあきれ顔をしてみせた。堂々と嘘をついた祥子の顔を、笑美理が呪わしい目で睨《ね》めつける。

ばちばちと火花の散るなかに、謙也は硬直したまま取り残されていた。

小柄な笑美理に対し、祥子は女性にしては背が高い。いまはヒールを履いているため、一八〇センチ近くある。長身の美女が腕を組み、見下すような目つきをして嘲笑を浮かべるさまは、絵になっているといえばなっているのだが。

（なにこのキャットファイト。ていうかハブとマングース）

楚々として見えた笑美理も、外面だけはかわいらしく繕っていたはずの祥子も、いまは本性むき出しで相手を叩きのめさんとしている。

たすけて、さつき。内心でうつろに、謙也はつぶやく。ここに立っているだけで、どんどん心のなにかが削られていくようだ。

そして、もはや謙也を置き去りにしたまま、女の戦いは続いていく。

「笑美理をふった理由、わかった気がしました」

「どういう意味よ？」

「あなたみたいな方を選んだのでしょう。それこそ羽室さんの趣味が悪かったからだとしか思えません」

笑美理の声は血の凍るような響きだ。だが祥子は不敵に「はっ」と笑美理の言葉を笑い飛ばした。

「なに、ふられてんの自覚してたんだ。すっごいなあ、それでまだ追いかけまわしてるの？」

笑美理に対し、せせら笑うような顔を見せていた祥子は、言葉を切って真顔になる。

「ていうか、関係ないじゃん、あんた。なに大人の話に口出ししてんの」

謙也はこの瞬間ばかりは、祥子の発言に大きくうなずいた。だがそれが不愉快だったのか、笑美理はかわいらしい顔に、異様な迫力のある笑みを浮かべてみせる。

（怖っ）

思わず腰の引けた謙也だが、祥子はやっぱり負けなかった。

「しつこい女はきらわれるよ？　いいかげん、あきらめたら？　その気もない男追いかけまわすのって、ストーカーといっしょじゃん」

いいぞ、がんばれ祥子。思わず応援していた謙也に恨みがましい目を向けつつ、笑美理もまた防戦した。

「品のない方ですね。どうしてあなたみたいな方を、羽室さんは連れていらしたのかしら。悪目立ちなさってたの、お気づきになっていらっしゃらなかったの？」

「はあ？　ストーカーに言われたくないし。つーか、悪趣味悪趣味言うけど、すくなくともあたしは謙也に好かれてるわよ。いまだって、彼の部屋に泊まってるし」

たしかに嘘ではない。謙也はそこにいないけれども。

「つきあいはじめのときだって、謙也から口説いてもらった。大事にもしてくれたし、いまだってやさしいよ。あんたは、そこんとこはどうなの？」

ぐっと笑美理はつまった。悔しげに唇を噛み、反撃の一手を出そうというのか、視線をあちこちにめぐらせて思考にふける彼女に対し、謙也は内心「もうやめて」と泣き声をあげたくなった。しかし祥子はさらに容赦なく言いつのる。

「男のケツ追っかけて、ツレの女にけんか売って、そんなんで惚れてもらえるわけないじゃないよ。だいたいあんた、謙也のなに知ってんの？　こいつのどこがいいの？」

「は、羽室さんは、落ち着いていて素敵な大人の方です。笑美理にもすごく、やさしいし」

「なにそれ。やさしいだけ？　つうか、謙也のどこ見てんの？」

あきれたように祥子はかぶりを振った。

「言っておくけどね、謙也、本気になるとかなり強情だし手強いよ。それに、どう見てもあんたのこと、迷惑だって思ってるみたいだけど？　これ以上きらわれるまえにやめたら？」

容赦のない祥子の攻撃に、笑美理はかなり耐えていたと思う。だがしょせん、女としてのスキルが違いすぎるのだろう。いきなり目に涙をためて、子どものように言い放った。

「な……なによ、なによ。あなたなんか、きらい！」

ちょっと可哀想になるくらい、笑美理は震えていた。謙也はかつて、この涙に困惑させられたものだけれども、同じ女の祥子には、涙の防御はなんの意味もなさなかったらしい。

「きらいでけっこう。あたしもあんたみたいなあまったれのお嬢、虫酸《むしず》が走るわ」

「な、な、な……っ」

「なんとか言えば、あまったれのばか女」

ふん、とふんぞり返る祥子も、涙ぐみながらも睨みつけている笑美理にも、謙也はある種の感心と同時に、恐怖を覚えていた。

ステージでの華やかな催《もよお》しに目を向けている周囲も、次第にエスカレートする舌戦と場を凍らせる空気に気づきはじめている。

（だめだ、これ。おれの手には負えない）

いまにも摑みあいをはじめそうなふたりをまえに、もうどうすればいいのか、と謙也が泣きそうになっていたとき、救いの神は現れた。

「羽室さん、おひさしぶりです」

「え……」

涼やかな声は、間違いようのない恋人のものだ。振り返ると、鼻先にはふわりと、嗅ぎ慣れた香りが漂う。

「さつ、三橋さん！　ど、どうしてここに」

思わず『颯生』と口にしそうになり、反射で言い直した。かつてとは逆になった呼びかけを、彼はとても嬉しそうに微笑んで受けとめた。

「神津社長が招待されてたんですけど、どうしても抜けられない用事ができちゃったんだそうで。代わりにいってほしいと言われて、彼女といっしょに」

振り返った颯生の肩越し、穏やかそうな女性がぺこりと会釈している。落ち着いた風情の彼女は、すっと距離を近づけてくると笑美理に微笑みかけた。

「小池さままでいらっしゃいますね？　ごぶさたいたしております。わたくし、神津といっしょに一度、お目にかかりました、火野《ひの》と申します。奥村さまにも、以前ずいぶんとかわいがっていただきまして」

祖母の名にびくりとなり、もごもごと答えた笑美理は、あわてて笑みを繕った。

「え、ええ。おひさしぶりです……」

「転職してから、お目にかかれませんでしたので……お元気でいらっしゃいますか？」

「そうでしたの。祖母はあいかわらずなんですよ」

キャットファイトの真っ最中ながら、営業モードの人間に近づかれたときの切りかえは、さすがにお嬢さまだった。笑美理はすぐに慣れた社交用の微笑みを浮かべ、挨拶を返す。

だがそれ以上に謙也をはっとさせたのは、火野のごくさりげない動作だった。

火野はにっこりおっとりとした風情ながら、笑美理を逃がさないよう、すっと斜めまえの位置に立つ。それも、左の位置にいることに気づいて驚いた。

（うわ。圧迫の立ち位置だ）

商談の際などに使われる、心理学を応用した接触方法を、謙也は講習で学んだことがある。

人間は正面から対峙されると警戒心が強くなり、パーソナルスペースを侵害された気がして、相手の話を聞く余地がなくなるそうだが、左右の位置については比較的無防備で、話しかけてくる相手を振りほどけないと言われている。

理由は、左脳と右脳の視界が関係するのだとか、心臓に近い位置に立たれると無意識に緊張するからなど、諸説あるらしいけれども、統計的なデータから、左は、相手の足止めをす

るのに有用で、右は安心感を与えるのに有用だという説がある。

火野は、まず左側に立って笑美理の逃げ場を塞ぎ、その後、笑美理に向けて名刺を差しだしたあと、ごくさりげなく右側へと身体を移動させた。

「じつは小池さまに、東西百貨店の方をご紹介したいんですが……ああ、岡田《おかだ》さん、こちらです」

「いえ、あの、わたし……」

「小池さま、お食事はなさいました？　お飲み物はいかがですか？　気が利かずに、申し訳ございません」

おっとりして見えるのに、意外な押しの強さを見せつけた火野は、笑美理に口を挟ませることなく、百貨店の営業部員へとつなぎをつけるべく誘導しようとする。

ちらりと笑美理は振り返り、悔しそうな目で祥子を睨んだ。だが、さすがにこの場で大暴れするには、育ちがよすぎたらしい。

唇を嚙み、一瞬目を伏せた彼女は、火野に向けて断りをいれる。

「……ちょっとだけ、待ってください」

謙也に向けてまっすぐに近づいてきたとき、びくりとしてしまったのは見破られたらしい。

笑美理は、まるでさげすむように目を眇め、謙也を見た。

「庇ってもくださらないんですね。笑美理のこと、あの方に知られたからって、そんな情けない顔をするなんて」

「え、ちょ……いっ！」

庇う必要がどこにあるのだとか、きみとのことってなんだ、なにもないだろう――だとか、いろいろ言いたいことはあった。だが隣にいる祥子が、笑美理にも見えるようにわざと謙也の腕を思いきりつねり、謙也の言葉は封じられる。

「場もわきまえずに、そんな方を連れてくるなんて。常識を疑うわ。幻滅しました。羽室さんなんか、もう知りません」

三行半《みくだりはん》を突きつけてきた笑美理に、やっぱりいろいろ言いたいことはあった。だがもういっそ、彼女の尻に敷かれる情けない男と認定されたほうがマシだという気がして、謙也はおずおずとした笑みを、わざと浮かべる。

「では、ごきげんよう」

笑美理は背を向けて、待っていた火野とともに去っていく。最後の一瞥《いちべつ》は謙也にではなく、祥子に対してだけ送ってきたことで、彼女のなかではもはや、奇妙な執着じみた幼い恋よりも、ライバルとしてぶつかった女への怒りが強いことが知れた。

あとには、脱力した謙也と、まだ不満げな祥子、そして読めない表情でたたずむ颯生が残された。

「……終わったかな。まあ、言い足りなかったけどさ」

不完全燃焼だ、とむっとしていた祥子に、颯生がにっこりと微笑みかける。

「ご歓談中、申し訳ありませんでした。お邪魔してしまいましたか？」

「あ、いえっ」

「ご挨拶が遅れました。わたくし、羽室さんとは親しくさせていただいております、三橋颯生と申します」

きれいな仕種で差しだされた名刺を両手で受けとる瞬間、祥子の目がぴかっと光ったのを見てとり、謙也は一気に気分が悪くなった。

（やばい。こいつ、きれいな顔の男、大好きだった）

謙也の好みを猫系の顔が好きだろうと談じてくれたが、祥子もひとのことは言えない。もっと若いころには、ビジュアル系の追っかけもしていたと聞いたことがある。颯生のように、つるりとした肌で整った顔だちは、祥子にとってど真ん中ストライクのはずだ。

（しかもデザイナーって、横文字の肩書きにも弱いよな、祥子って）

じんわり機嫌を下降させる謙也をよそに、祥子はうきうきしながらよそゆきの顔を作っていた。スンさまはどうした、と内心突っこみをいれつつ、謙也は黙ってなりゆきを見守る。

「三橋さん、ですね。わたし、東海林祥子《しょうじ》です。はじめまして」

「東海林さま……ああ、羽室さんのお知りあいの。サム・スンジュンさんのファンでいらっしゃるとかうかがいましたが」

颯生はそらっとぼけて、いかにも大人の男、といった余裕の笑みを浮かべていた。

恋人のこういうよそゆきの顔を見るのはひさしぶりで、内心のおもしろくなさも忘れ、謙也は素直に見惚《みと》れる。

(スーツの颯生ひさしぶりに見たなあ。やっぱかっこいい)

いかにもデザイナーらしい、襟の形が個性的なデザインスーツは、颯生の細いウエスト部分をうつくしいラインで際だたせている。色っぽい服だなあ、と場所柄も忘れて考える謙也をよそに、祥子は頬を紅潮させていた。

「そうなんです。羽室さんに無理いって、このパーティーに連れてきてもらっちゃって」

もじもじと羞じらってみせる祥子の姿に、謙也は内心あきれていた。どんな無理を言ったのか知っている颯生も、同じような心境なのだろう。唇の端が一瞬、笑いをこらえるように歪んだけれど、それは祥子には気づかれないうちにすぐに消えた。

「もしお望みでしたら、サイン、もらってきましょうか?」

「えっ、い、いいんですかっ」

颯生の申し出に、祥子は声をうわずらせた。

「知人に主催の関係者がいますので頼めるか、訊いてきます。……羽室さん?」

「あっ、はい」

「よかったら、いっしょにきてもらえますか?」

にこっと笑う颯生の意図がわからないながらも、謙也は同じような表情で「わかりました」とうなずいてみせた。

「東海林さんはここでお待ちになっていてくださいね。いまから、サム・スンジュンさんがステージに出てくるそうですから」

「はいっ」

喜色満面《きしょくまんめん》でうなずく祥子は、ステージに釘付けだ。そわそわしはじめる彼女にあきれつつ、謙也は再度、釘をさす。

「いいか、写メ禁止。わかった？」

こくこくとうなずく祥子は、もはや謙也など見てはいない。

腕を引っぱる颯生に「こっち」とうながされ、謙也はおとなしくついていくほかにない。

会場の外へとすたすたと歩く彼は、そのまま下りのエスカレーターに向かった。

「ど、どこいくの？　颯生」

「いいから、ついておいで」

足早に歩く颯生に連れられて、レセプションホールのある会議棟から、ビッグサイトのエントランスに出た。

すでに夜半をまわった巨大催事場は、夜空にその威容のシルエットを浮かばせ、節電の意味もあるのか、いささか寂しげなライトアップがほどこされている。

東ホールはすでにクローズしているが、一部の出展者があしたの展示会準備や追加の搬入を行っているため、トラックに業者たちのかけ声がして、どことなくばたついている。西ホールのほうはアトリウムに搬入業者がちらほらと見かけられるだけで、静かなものだ。

「こっち、おいで」

謙也はあまり馴染みのない場所だったが、颯生は何度かこの催しに参加しているのだろう。広い建物のなかで迷いなく足を進め、メインフロアの途中にある壁のくぼみへと向かった。

「ここなら、当分ひとはこないと思う」

目隠しになっている場所はてっきりトイレだと思ったけれど、電話ボックスと自動販売機の並んだ空間だった。

状況がまだ呑みこめず、謙也はとりあえずの疑問を口にした。

「あのさ、ほんとにサインとか、もらえるの？」

「さきに神津さんに手配しておいてもらった。後日の発送になるけど、保証してくれるってさ。だから、だいじょうぶだよ」

「そっか……」

だだっ広い場所から突然狭い場所に入ると、自分の声も相手の声も、ひどくくぐもって聞こえる。それは、どこか、プライベートなスペースで繰り返される会話を思わせて、謙也の心のたがを一気にはずした。

どうしてあのタイミングで現れたのかとか、いろいろと訊きたいことはたくさんあった。けれども、いま目のまえの恋人に言いたいのは、ただひとつだ。

「颯生」

「ん？」

「あまえていい？」

きょとん、という顔をしたあと、颯生は小さく微笑んで両手をひろげた。頭から倒れこむようにして胸に顔を埋めると、頭を抱えこんでやさしく撫でられる。

「……すっげえ疲れた」

「だよねえ。途中から見てたけど、すごかった。お疲れさまでした」

お嬢さまは話通じないし、モトカノにはいいように利用されるし。うなるような声でつぶやくと、颯生もまたため息をついて同意した。

「謙ちゃん、今年って女難の相かな」

「やめてください、まじで」

ぶるりと震えると、颯生はきれいな声で笑ったまま、謙也の髪をそっと撫でた。いつものようにくしゃくしゃにしないのは、まだ、会場に戻ることを考えての気遣いだろう。

「いいじゃん、男運はいいだろ」

茶化すような声で、笑わせようとしてくれたのは理解できた。謙也は颯生の細い腰にぎゅっとしがみついたまま「うん」とうなずいた。

顔をあげ、やさしく見つめてくれる恋人の唇に自分のそれを押し当てる。ルージュの味などしない、ふわっとした感触。会場の空気が乾いていたからか、いつもよりほんのすこしかさついたそれを可哀想にと舐めて、深くなるまえに離した。

「あのさ。ひょっとしなくても、さっきの、助けにきてくれた？」

「そ。あんな場所で、女同士のバトルなんて冗談じゃないなと思ったから」

くすくすと笑う颯生は、こたびの事態を予測していたらしい。いったいどうして、と謙也が目をしばたたかせる。

「神津さんが、こられなくなったっていうのは？」

「それは本当。で、じつは、小池さまの件については、奥村さまから『お目付を頼みたい』話がきてたんだって」

「え……」

意外な打ち明け話に、謙也は目をまるくした。

「もし、うちの孫が羽室さんに会って、なにか迷惑なことをするようなら、その場で叱ってくれてかまわないって。前回のストーカーまがいについては、かなり苦々しく思ってらっしゃったみたいでねえ。おまけに、あれだけの騒ぎを起こして、あっさりあきらめた顔をしてるのも、腑《ふ》に落ちないって」

親があまやかしすぎて、どうしようもない。だいぶ落ち着いたような顔をしているから、両親たちはあのパーティーにいくことを許したようだけれど、自分としては不安だ——と、聡明なVIP客は神津に『恥を忍んで』打ち明けたのだそうだ。

「神津さんも、あんまり外聞《がいぶん》のいい話じゃないし、奥村さまにも『内々の話で』って念押しされてたんで、きょうのきょうまで俺にも言わなかったんだよ」

神津も謙也の友人でもある颯生に、あまりあれこれと言うのはためらわれたらしい。なるほど、と謙也はうなずいたが、納得のいかないこともいくつかあった。

「でも、奥村さま、どうしてそこまで？」

孫の恋愛にずいぶんと口出しするものだと、いささか不思議になる。ひととなりを深く知るほどではないけれど、そこまで過保護なタイプに思えないのだが——と颯生へ問いかけると、彼は「そこまで楽観できない理由があるんだよ」と言った。

「謙ちゃん、奥村家って、どの程度の家柄か知ってる？　じつはお華族さまの傍流なの」

「うわ、じゃあ、ほんとにお姫様なんだ？　彼女」

「そゆこと。だからまわりがよってたかってあまやかして、あんな天然に育ったらしい」

謙也はよく知らなかったが、奥村の婚家ではなく、彼女の生家の血筋をたどると、天皇家と姻戚関係でつながるという。そして小池の家は、財閥筋のこれまた名家で、ひとり娘の笑美理はその唯一の跡取りなのだそうだ。

「そんなわけで、もし小池さまが前回みたいに暴走したら、いろんな意味で問題だろ？　芸能人もきてる場所だし、へたすると警備員にしょっぴかれ兼ねない。ゴシップ誌の記者だってきてるし、すっぱ抜かれたら、家の恥だって」

「なるほどね……」

素性を知って、彼女の浮き世離れした気配と思考回路が、ようやく呑みこめた気がした。自分を否定されることなど、いままでろくになかったのだろう。

納得だとうなずいていると、「……それはともかく」と颯生はため息をつき、謙也の額を指ではじいた。

「いて」

「なあんで謙ちゃんは、あんな空気読めない子、こんなとこに連れてきたかな。あんな場所でキャットファイトぶちかまして、大事《おおごと》になったらどうすんだよ」

けっこう注目浴びてたぞ、と颯生が咎《とが》めるけれど、謙也はあわてて「あ、いや」とフォローをいれた。

「さっきのは一応、おれを庇ってくれたんで」

「そうなん？」

謙也はうなずいた。祥子は自分から、あの場で悪役を買って出たのだ。――まあ、途中からは、いささか我を忘れていたようだったけれど。

「小池さまに捕まる直前に、事情説明したんだ。指輪にも気づいて、その場で話あわせてくれたから、正直、助かった」

謙也の言葉に、颯生はほんのかすかにだが、顔を曇らせた。どうしたのかと覗きこめば、彼はすっと目を伏せる。

「途中からは、聞こえたよ。婚約したの、って言ったとき、嘘でも心臓痛かった」

「あ、いや、あれは」

「うん。わかってる。……いい子だよね、祥子さん。空気読めないとか言ってごめん。嘘だよ。ただださ、助けにきたのに、俺、出る幕あんまりなくてさ」

「え、そんなことないよ」

内心、何度颯生に助けを求めたかしれない。きてくれて、どれだけ嬉しかったか――謙也がそう告げるまえに、颯生は低く笑ってこう言った。

「なんかね、謙ちゃんが好きになった子だなあと思ったよ。気は強いけど、かわいいね」

「いや、だから……」

あわてる謙也に、颯生はかぶりを振って、本音を吐きだした。

「ちょっと悔しかった。いい子だから、ちょっと怖かった。それに俺は、俺じゃあ、あそこまで堂々と、婚約とか……、ぜったいに言えないから」

声を震わせ、哀しげに微笑んだ颯生を、謙也は黙って抱きしめた。

「でも祥子、『あたしと』婚約したなんて、言ってないよ。指輪の相手とした、って言っただけ。あいつ、嘘はきらいなやつだから」

颯生は腕のなかで「……うん」と小さくうなずく。

「だからおれとしては、あれは、祥子が代わりに、おれと颯生の婚約宣言してくれたんだと、そう思ってる」

「はは、だったら、うれし……」

眉をさげて、それでも笑ってみせる颯生がたまらなくて、強く抱きしめて唇を塞いだ。左手を彼の耳に触れさせ、同じデザインのそれ同士を近づけ、やさしく耳たぶをまさぐる。

「颯生、そのスーツ、似合うね」

「あ、そ、そう？　ありがと」

「うん、かっこいい。……色っぽい」

脱がせたい。耳たぶを噛むと、赤くなった颯生は、謙也の頬を両手で包み、自分からキスをしてくれた。小さく音をたて、何度もついばんだあと、ひたと目をあわせてくる。

「……ね、俺の？」

「うん。颯生の」

唇を触れあったままたしかめるように問われて、謙也はせつないあまさを噛みしめた。そのままもう一度深く、唇を重ねたけれど、舌を吸うと、颯生が苦しそうに胸を押し返してくる。

「ん、だめ……」

上気した頬や潤んだ目が謙也の胸を直撃するけれど、唇を手の甲で覆った颯生は「これ以上はだめ」と重ねて言った。

「今夜は、ちゃんと祥子さん、送っていかないとだめだろ。それで、彼女は今後どうするのか、話してきて」

「ん、わかった」

「で、その。……話、終わったら、俺んとこ帰ってきて」

ほかにどこにいけと言うのか。もちろんだとうなずいた謙也は「待っててね」とささやき、もう一度だけ、颯生のキスを盗みとった。

＊　＊　＊

会場に戻ると、すでに授賞式は終了していた。あとはおのおのの歓談の場となったようで、にぎわっている会場で祥子の姿を探す。壁のあたりでぽつんとたたずみ、シャンパングラスを手にしている彼女を見つけた。

うつむいた表情は、さきほどの強気な口調も、はしゃいだような気配も嘘のように暗くて、謙也はどきりとする。できるだけそっと近づき、彼女の視界に自分の脚が映るころになって、声をかけた。

「ごめん、遅くなって」

「ん？　いいよ。それよりサイン、どうだった？」

「この場では渡せないけど、後日送ってくれるって」

やった、と笑う祥子は、さきほどまでの暗い表情が嘘のように見える。だがなんらかの虚勢を感じ、謙也はかすかに眉をひそめた。

見破られたのはわかったのだろう、祥子も作ったような笑みをすぐに消し、はっと息をついてうつむいた。

「パーティー、もうすぐ終わるね」

「うん」

ふたり揃って、壁の花になってぼそぼそと話す。目のまえの光景は派手で華やかなのに、どこかうつろに感じるのは、隣の元彼女の気配が弱すぎるからだろうか。

「ごめんね、謙也。いっぱい迷惑かけて」

「いや……おれは宿を提供しただけだし、たいしたこともしてないし」

ついでにその間、恋人の家で楽しくすごしたし。わざとそう言うと、祥子は「ノロケんなよなあ」と乾いた声で笑った。

「きょうの夜までは、泊めてもらう。あしたは出てくよ」

「就職、決まったのか？」

「うん、派遣だけどね。登録してたとこから、返事きた」

「よかったな」

お互いの顔を見ないまま、淡々と言葉を交わす。隣にいるけれども、ひどく遠いこの感覚はなんだろうと思い、気がついた。

（ああ、別れたんだなあ）

哀しいとも思わないし、寂しくもない。それなりに心配だし、情のようなものを覚えもするけれど、いまの祥子はもはや、謙也にとってただ遠いのだ。

「たぶんもう、会うことないね」

「そっか？　ともだちづきあいなら、できるんじゃねえの？」

「うーん、それはむずかしい。あたし、別れた男とともだちになったことないし」

「ふうん」

沈黙すると、ひとのざわめきと場内に流れる音楽が、謙也に奇妙な眠気を誘った。通りかかったホールスタッフに飲み物を勧められ、烏龍茶のグラスを手にする。ちびちびと口をつけて喉を潤していると、隣の彼女がかすれた声を発した。

「……ほんとはね、リストラ。性別だけで差別されたわけじゃないよ」

ぼんやりとたたずんでいた謙也は、突然の祥子の言葉に、とっさに反応できなかった。どういう意味だろうと考えている間に、さらなる爆弾発言が謙也を襲った。

「あのね。二年前、あたし、妊娠したのね」

「えっ……？」

心臓がひやっとした。むろん時期的に謙也の子である可能性はないし、そんな意味での心配でもない。ただ、やつれた顔を隠さない彼女にとって、それが痛い記憶なのは説明されるまでもなかったからだ。

「結婚する予定だったから。で、どうせ子ども産まれるのに、本社に戻してもすぐ休職だからって、そのまま保留にされて……結局支社が潰れて、首切られた」

次々明かされる事実に、謙也はついていけない。どういうことなのかと混乱しつつ左の薬指を見ると、そこにはリングははまっていない。

謙也の視線に気づき、祥子は泣き笑いを浮かべた。

「でもね、りゅ、流産しちゃったのね。べつになんか悪かったとかじゃなくってさ、すごく初期の、まあアレコレで。医者には、誰も悪くない、たまたま身体に今回の妊娠が適合しなかったんだ、みたいなこと言われた」

あまりはっきり話したくはないのだろう。謙也も追及する気はなく、無言でうなずく。

「でもね、やっぱ、すっごくへこんだ。おまけにさ……妊娠したから結婚決まったようなもんだったんで。子どもいないならご破算、とか言われちゃって」

相手の男は、体調を崩した数日間の入院中に、一度も見舞いにこなかったらしい。あげくには慰めるべきときに突き放されたと聞かされ、謙也は「はあ!?」と声を裏返した。

「待てよ、どういう男だよ、そいつ」

「あはは−、ほんとだよね。金だけは持っててさ、やなやつで。自分の不利になったら、部下切り捨てて。別れ話に、七十万もするピアスよこすような男で」

謙也は、はっとしたように祥子を見た。何度も何度も、あのピアスだけは返してと言ってきた彼女の必死の声。そして颯生に価格を教えられたときの、違和感。

「もしかして、アレ?」

「うん。謙也とつきあう直前まで、つきあってた男がくれたの。手切れ金みたいなもんで、捨てられて。そのあと謙也と別れて、またより戻して、……また捨てられた」

ぐしゃりと祥子の顔が歪み、謙也もまた顔をしかめた。

「部下ってことは、会社の上司だったのか?」

「そお。あ、一応、不倫じゃないよ? ないけど、遊び足りないんだってさー。流産したっつったら、ほっとした、とか言いやがったの。あげくに、あ、あたしのこと、首にしたよ。こ、これだから社内恋愛ってだめだよね」

ひきつった笑いに言葉をつまらせながら、祥子は涙を浮かべていた。けれどこぼそうとはせず、必死に目に力をいれている。痛々しい強がりに、謙也も胸が苦しい。

実家に戻れない理由も、住む場所が決まらなかった理由も、すべてこれでわかった。そして無責任な相手の男に、どうしようもなく腹が立った。

けれど、もう差し伸べてやる手はない。祥子もそれはわかっているのだろう、なにかを振り払うようにひらひらと手を振った。

「だから謙也にあまえた。ほんっと、むちゃくちゃ言ったけど、聞いてくれて嬉しかった」

「祥子……」

「ごめ、ごめんね。いまの彼女さんにも、ほんっとに、迷惑かけてごめんって言っておいて。でもね、でも……お、男のひとに、やさしくされたかったの。恋愛とかセックスとかぜんぶ、抜きで、ただ、やさしくしてほしかったの。そしたら、やさしくしてくれそうなの、謙也しかいなかった」

——夢が見たいのよ。いまの日本の男にそんな夢、見られないじゃん！

わがままで傍若無《ぼうじゃくぶ》人《じん》で、身勝手もすぎることをして、大迷惑もかけてくれたけれど、謙也には彼女を責められなかった。ただやさしくされたかったと、その言葉が痛すぎた。

そっと肩を抱いて、ぽんぽんと叩いた。誤解の余地のない、友人としてのスキンシップを、泣き笑いで彼女は受けとめた。

「でもさ。あたし、ちょっとは役に立ったでしょ？」

「あのお嬢さま、たぶんあれで、撃墜《げきつい》できたと思うんだけどな」

にやっと笑う祥子のマスカラは剝げかかっていたけれど、なにかを吹っ切った顔は、すがすがしく思えた。

「そういえばさ」

「なによ」

「おれ、おまえがあのころから、大口あけてカレーを食う女だったら、別れなかったかも」

「なによ、いまの彼女、そういうひとなの？」

「うん、くいしんぼで、かわいいよ」

ノロケんなと小突かれて、やっとなにかが終わったのだと実感した。

「男ともだちには、なってやるからさ。いままでいなかったなら、作ってみてもいいだろ」

「……うん」

「早くいい男摑まえて、アホ上司のこと、見返してやれよ。おまえいい女だしさ。すぐ、男できるよ」

「適当言うなよ、ばーか」

ずずっと洟をすすった祥子は鼻声で、それでも笑っていた。

かわいいな、となつかしい記憶を揺さぶる笑顔に思った。けれどやはり、いまの祥子は謙也にとって、『ただかわいい』だけでしかなく、かつて好きだったこともある女、それ以上にはなり得ない。

——ただし、違う意味でのライバルには、もしかしたら、なってしまうかもしれない。

「あ、そうだ。いい男っていうなら、三橋さん紹介して」

「それはだめ！」

妙にあわてた謙也の反応を訝って、ひとしきりの追及にはあったけれども、とりあえずこの再会は、悪い結果にはならなかった。

そう思えることが、嬉しかった。

＊　＊　＊

祥子を駅まで送り届けたあと、謙也は颯生の部屋へと向かった。

「ただいまあ」

「あれ、早かったね」

「うん、駅で別れたから」

すでに帰宅していた颯生だが、出迎えた彼の姿はなぜか、部屋着ではない。あれ、と目を瞠った謙也に、颯生はさっと顔を逸らした。

なにを意識しているのかに気がついて、にんまりと謙也は笑みを浮かべる。

「お、俺もいま帰ってきて、着替えてないだけだから」

「……んん～？」

「ほんとにそれだけだし！　すぐ脱ぐし！」

背中を向けた颯生に、それはむしろ逆効果だと思った。ウエストを絞る形のデザインスーツはバックラインが絶妙で、ものすごくそそることを颯生はわかっているのだろうか。

腕を伸ばし、謙也はその身体を抱きしめた。一瞬だけ身体を固くするけれど、彼は抗うことはしない。うしろから耳を食《は》むと、ぴくんとかわいく肩を揺らした。

「祥子、あした出てくって。派遣の仕事もらえて、アパートも見つかったって」

「ふ、……ふーん。よかったね」

ぴったりと耳のうしろに唇を寄せたまま話すせいで、颯生はくすぐったそうにもぞもぞしている。ゆっくりとまえに手をまわし、スーツの身頃のあわせから手を差しこんで、なめらかなシャツの手触りを楽しんだ。

「あ、またアンダー着てない……颯生、ちゃんと着てよ」

「だって、なんか、窮屈《きゅうくつ》……あ！」

くに、とすぐに見つけた突起をシャツのうえからつまむと、細い肩が跳ねた。うつむく颯生のうなじに唇をつけ、ちらりと出した舌で舐めまわす。

「け、謙ちゃん、あの。あしたも俺、会場、いかないとだめで……」

「うん」

「歩きまわるし、だから、あの。あんまり、激しいのは」

困る、とぼそぼそ訴える颯生の声に、「うん、うん」と生返事をする謙也は、指でつまんだ突起を刺激する手を止めない。布越しに爪をたてて引っかき、こりこりになったそれをつねるように揉む。うなじから襟元に顔を近づけると、シャツの隙間からふわっとあまい香りが漂う。上気したせいで、ふだんより強く香る颯生のにおいを吸いこんだ。

「おれ、あした祥子が帰ったら、自分ちに戻る」

謙也が静かに告げると、颯生は背筋を強ばらせた。

「このまま、部屋にずっといたい。でも、引っ越しの準備もあるし」

「う……うん」

やはり残念に思うのか、颯生の声のトーンが低くなる。抱きしめる腕を強くしながら、謙也は形のいい後頭部に顔を埋め、ゆったりと語りかけた。

「まえに颯生が言ったみたいに、颯生がいなくて寂しいって、もっと痛感しときたい」

今夜、祥子と話しながら、終わった恋のなつかしさをいくつか噛みしめた。ほんのりとした寂しさは、ないとは言えないけれども、強く感情を揺さぶられることはまったくなかった。

けれどあんなふうに、颯生といつか終わって、彼をなつかしめるのだろうかと思うと、想像もつかなかった。そして、苦しいくらいにせつなくなった。

「おれ、颯生のにおい、好き」

「え？」

「肌も、形も、顔も、考えかたも、ちょっと強情なとことかも、もうほんと、死ぬほど好き。かっこよくてきれいでかわいくて、いっしょにいるとほんと、幸せになる」

颯生がふるりと震え、謙也を振り返った。眉をひそめ、潤んだ目でじっと見つめられるとたまらない。

「すっげえ、愛してる。すっげえ大事。だから、もっといっしょにいたい」

「俺、も、俺も、あの……あの」

「うん、わかるから」

感極まると、言葉が出てこなくなる意外な純情さや不器用さも好きだ。謙也は微笑んで頬をすり寄せ、腕のなかの大事なものを離すまいとあらためて思う。

「なし崩しで同居になるんじゃなくて、べつべつのうちから、いっしょになろ」

「……うん」

「もうちょっとだけだし、我慢する。そしたらたぶん、もっと嬉しいよ」

こくん、と颯生はうなずいた。耳たぶまで真っ赤になっていて、おいしそうなそれをもう一度ぱくりと口にする。もう颯生は抗わなかった。

「あしたに響かないよう、気をつける。だから、していい？」

胸から薄い腹まで撫で下ろし、ボトムの大事なところに触れると、颯生の膝はがくがく震えていた。

「お風呂、入ってきてくれる？　ゴムつけたくない」

颯生の教育のたまもので、生のアナルセックスが身体によくないのは、いまでは謙也も理解している。それでも、どうしても欲しくて、隔たりなく恋人の奥深くに入りたい願望が強くて、こうしてねだってしまう謙也を、けっきょく颯生は許してくれる。

赤らんだ目で睨むくせに、だめとは言わない。あますぎる恋人に頬をすりよせて、だめ押しのひとことを告げた。

「あとでちゃんと、洗うから。で……いっぱい、舐めるから」

どこをとは口にせず、ボトムの縫い目のうえから指をたてる。かくっと颯生の膝がついに崩れ、もたれてくる身体を支えたまま、乱れた上着を脱がせた。

息を震わせながら、謙也によりかかるばかりの颯生のシャツのボタンを背後からはずしていく。はだけたシャツの袖を抜いて、ベルトをゆるめると、質のいいボトムはすとんと落ち、グレーの下着が形を変えはじめた颯生の熱を浮きあがらせている。

「こ、これは、自分で脱ぐ」

「……そう？　遠慮しなくても」

「遠慮するっ」

あわててボトムから脚を引き抜き、謙也から離れた颯生は靴下と下着だけの姿で浴室へと駆けこんだ。じっと尻を凝視している謙也をひと睨みしたあと、音をたててドアを閉める。

「早くねー」

「わかってるよ！」

うなるような返事があって、謙也は声をあげて笑った。


シャワーを浴び、全身を赤らめて現れた颯生は、もはや観念したかのように、タオルでまえを隠してすらいなかった。

シャツとスラックスだけの姿で待っていた謙也は、腕を引いてベッドまで颯生を導き、腰かけさせた。

すでにシーツのうえに敷いてあるバスタオルを見て、一瞬颯生は不安そうに顔を揺らした。汚すつもり満々の謙也は、にっこりと笑顔を浮かべて彼の抗議をブロックする。

「脚、開いて」

ゆるむ口元をこらえきれずに告げると、睨みながらも素直に颯生は脚を開いた。軽く持ちあがった性器に手を添え、根元から持ちあげるようにしながら、まずはキスをする。

唇、頬、耳と移動し、そこから肌に唇を貼りつけたまま、首筋へと吸いついた。きれいなラインを描く鎖骨は左右とも充分に舐め、腰に添えた手を上下させる。

尖った乳首は、さきほどの悪戯《いたずら》のせいか、左側がすこし赤かった。

「痛い？」

指の腹を押しつけて問うと、颯生は唇を噛んだまま、ふるふると髪を揺らす。「舐めてい？」と吐息だけの声でささやくと、首肯《しゅこう》とも無視とも取れる、あいまいな仕種をする。

いずれの返事にせよかまわず、謙也は唇をそこに寄せた。ぷつんと固い感触が心地よく、舌をこすりつけるようにして吸いつき、右のそれは親指で何度も押しつぶす。

「ふー……っ、は、はう」

あまい色の混じった息が乱れはじめ、指と舌を左右交換して、じっくりといじった。颯生の手はベッドのシーツを強く掴んでいて、膝はもぞもぞと動き、爪先はまるまっている。

（我慢してる。かわいい）

ちゅっと音をたてて、唇を離す。おののいて跳ねる颯生の腰を掴み、ベッドから浮きあがらせると、上体を伏せるようにして反転させた。

白く形のいい尻を両手に包んで、唇はうなじから背骨をぬるりとたどる。颯生の息はさらに乱れ、握った拳が腱を浮かせた。右のまるみに歯をたててかじると、謙也をいつも受けいれてくれる場所がひゅっとすくむのがわかる。

「颯生、あれとって。あまいやつ」

やわらかく肉を食みながら、ベッドヘッドの近くに常備しているものをわざと催促する。

先日、通販で購入したのは、舐めてもOKな自然素材のローションで、メイプルシロップとほとんど変わらない味とにおいが売りだった。

濃い蜂蜜のような色をしたそれを垂らし、小さな窄《すぼ》まりに塗りつける。風呂である程度の準備をしたせいか、抵抗なく埋まった指先を動かすと、颯生の腹がひくひくと蠢く。卑猥な光景にごくりと喉を鳴らして、抜き差しをする指の横に舌を添えた。

「はっ……う、んっ」

びくんと跳ねた腰を摑み、さらに粘液を塗りこめる。指を引き抜き、開いた隙間に直接それを流しこむと、颯生の腰が逃げるようにずりあがろうとする。

「だめ、お尻こっち」

「や……やだ」

この体勢にしたのは、床についた脚に体重をかけると颯生がそれ以上逃げられないからだ。じたばたする細い身体を両手で摑まえ、やわらかい膨らみの間に舌を這わせると、枕を摑んで顔を埋めた颯生が喉の奥で悲鳴をあげる。

粘性の高い、シロップのようなローションと颯生の肉を舌でかき混ぜる。はじめてこれをやったとき、羞じらって感じて混乱した颯生は、子どものように泣きながら、ものすごくそそる声をあげて射精した。

（もう一回、あれ、見たいなあ）

敏感な場所を舐めずり、ときどき歯をたて、跳ねあがる腰とベッドに挟まれている性器に指を触れる。颯生は枕にくぐもった悲鳴を吸い取らせ、苦しそうにしながら腰をよじった。たぶん、息苦しさに耐えかねて、もうすぐ颯生は陥落《かんらく》する。

「うー……っふ、ふく、ふっ、ふうっ」

楽しいような焦れったいような気分でねっとりと彼の身体をいじめていると、吸いついた小さな尻が、痙攣するように前後した。そして、噛んでいた枕をもどかしげに押しやった颯生が、肘をたてて謙也の顔を見つめてくる。

「……っは、あ、ああ、あ、もう舐め、舐めるのやだっ」

濡れた目に睨まれて、卑猥すぎる光景に喉が鳴った。謙也は目を細めて舌なめずりをし、べっとりと湿った颯生の性器をやさしくしごく。

「んあ……謙ちゃん、もおっ」

「指、いれるから、颯生が脱がせて」

謙也の手は両手とも、いろんなもので濡れてしまっている。見せつけるようにしてかざすと、紅潮した頬を歪めた颯生は、のろのろと起きあがって謙也のシャツに手をかけた。

「さきに、脱いでおけばよかっただろ」

「ごめん」

わざとだとわかっているので、思いきり乱暴にボタンをはずされる。ベルトを引き抜くときも、ボトムを押し下げるときも、颯生はなんだか怒った顔のままだった。

「謙ちゃん、あまえすぎ」

にやついたまま「うん、ごめん」とまったく反省せずに告げると、颯生は裸の胸にびしゃりと平手打ちをした。かなり痛くて苦笑いするけれど、その手が震えているのがなんのせいだか知っているから、まったく腹も立たない。

「いっしょに住んだら、ローションプレイとか、そうそうしないからな！」

「んー、はいはい」

「聞いてないだろ！　ほんとにあれ、恥ずかしくてやだって、言っ……」

下着は、颯生が手をかけるまえに自分でおろした。眼前に突きつけられる形になった彼は一瞬で言葉をなくし、真っ赤になって目を逸らす。

「ごめん、こんなだから、いまお説教されても聞いてらんない」

「ほんっとにこの……スケべっ」

「颯生のおかげで開発されました」

「開発してんのはどっちだよ！　へ、変なことばっかして、ほんとに、ほんっ……」

わめく唇を塞いで押し倒し、脚を抱える。斜めによじれ、開いたそこへと指をあて、ひといきに三本押しこんでも、颯生の身体は柔軟にそれを受けいれた。

「ほんとに、なに？　おしりだけでいっちゃうようにして、ごめんって言えばいい？」

「くは、は……っ！　あ、いや、それ、だめっ」

強引に、けれどやさしく粘膜をいじりながら、滾《たぎ》ったそれを腿にこすりつける。颯生は上半身をまるめるようにして、過度の刺激と羞恥に耐えていた。

「飽きるまではサルになっとけって、クラブで会ったひとも言ってただろ。だから、実践しようかと思うんだけど」

「か、身体もたない……っ」

「無茶はしないよ。颯生が気持ちいいってとこで、いつも止めてるよ？」

これでも気を遣っていると耳を噛んで教えたら、なぜか颯生が硬直した。あれ、と思って覗きこむと、こわごわと彼は謙也を振り返る。

「も、もしかして、ふだん、手加減してる？」

「んん、たまに暴走はするけど、わりと」

なんで、と目をまるくした謙也に、颯生は顔をひきつらせ、過去のあれこれを思いだすかのように、泳いだ目線を左に向けた。そして、深いため息をつく。

「あ、なにそのリアクション」

おそらく、不可抗力で長い禁欲状態になったときの、あのものすごかった夜を思いだしているのはなんとなくわかった。正直いって、謙也はあの日のことは半分ほど記憶から飛んでいる。あまりに高ぶりすぎて、わけがわからなかったせいだが――引き替え、颯生はすべてをしっかり覚えているらしい。

「なんでもない……そうかもなって、納得しただけ……」

くったりした姿がなんとなく気に入らず、むっと口を歪めた謙也は「えい」と奥まで指を押しこむ。息を呑んだ颯生が咎めるような視線を向けてくるけれど、いちばん感じる場所を中指でなぞってやると、悔しそうに唇を噛んで目を閉じた。

「も、お……ずる、い。それ、弱いのに」

「好きなくせに」

「……好きだけどっ」

むくれて、また引き寄せた枕に顔を埋めようとするのが気に入らず、腕から奪って遠くに放り投げた。あっと身体を起こそうとする颯生から指を抜き、腕を摑んでふたたびベッドに押し倒す。

「颯生が摑むのはこっち。おれ以外に抱きつくのは禁止」

自分の身体に手のひらを押しつけ、斜めによじれた脚を抱えた。一瞬、あっけにとられた颯生は、しかたない、とでも言いたげに笑い、首筋に腕を巻きつけてくる。

言葉なく誘う彼の顔へ、謙也はキスをいくつも降らせながら、ゆっくりとやわらかな狭間に沈んでいく。

「ん、ああ、あ……っきっもち、い」

思わずうめいたのは謙也のほうで、素直なあえぎに颯生がふふっと微笑んだ。余裕のない乱れた表情もいいけれど、こうしてあまやかすように受けいれてくれる、その瞬間の色っぽさは、謙也をたとえようもなく幸福にしてくれる。

「もっといれていい……?」

「ん、いい、よ」

隙間なく、ぜんぶをつなげたくて、リングのはまった手で颯生の手を求めてまさぐり、指を絡める。薬指をそっと撫でてくる感触にうっとりしながら、キスを深めて腰を揺らした。ベッドの軋《きし》みと、ぬめった粘膜の絡む音がする。逸《はや》るような、急いた気分で身体を律動させながら、まだもっと、ずっとこのなかに浸っていたいとブレーキがかかる。

(ああ、出したい、でも、もったいない)

幸福なジレンマに陥りながら、ふたりの身体の間で悶える颯生の性器を摑み、先端を指の腹で撫でまわした。円を描くように動かすたび、颯生のそこがきゅうっと反応して謙也をあえがせる。

「あ、くそ、もう……手、もう一本か、二本欲しい」

「へ? な、なんで?」

息を切らしながら思わずつぶやくと、颯生がきょとんとした顔で見あげてくる。その鼻先にキスをしながら、謙也は脳のなかで渦巻く欲望そのままの言動を漏らした。

「手ぇ握って、ここいじりながら、颯生の乳首もつねりたい……っくあっ」

ぼっと音がたつほどに真っ赤になった颯生が、全身を強ばらせた。とたん、痛いくらいに締まったそこが謙也を苦しめ、汗をしたたらせたまましばらく身動きもできなかった。

「さっ、颯生、ちょっと、すご……」

ぎゅっと目をつぶったあとにかすれた声でうめくと、身体のしたにいる彼からはなんの返事もない。てっきりまた、ばかだと罵《ののし》られると思ったのだが、もしかして本当に、引いたのだろうか。

（え、ほんとに怒った？　いや、でも）

けれど、握りあった手はほどかれることがなく、ぎゅっと力をいれてくる。すこし不安でどきどきしながら、謙也が目を逸らした颯生の姿を見守っていると、彼はおずおずと、空いた手を自分の胸に寄せた。

「これ……代わりに、する？」

つん、と自分の乳首をつついて見せる颯生の上目遣いに、謙也のなかでなにかがぷっつりと切れる音がした。たぶん理性とか、遠慮とか、多少の羞じらいとかそういうものをつなぎとめている鎖が、この瞬間はじけ飛んだのだと思う。

「え……な、なに、謙ちゃん、どしたの」

無言でじっと見おろす謙也に、なにか不安を覚えたのだろう。颯生が反射的に逃げ腰になり、それをがっしりと摑んだところまでで、謙也の記憶はあいまいになった。


多少の正気が戻ってきたころには、もはや引っこみのつかない事態になっていた。

颯生の胸にローションを垂らして自分で自分の乳首をいじらせ、打ちつけるリズムにあわせて腰を振るようにしてねだらせ、思いつく限りの卑猥な言葉を言わせながら、彼の身体を貪り倒していた。

「これどう……颯生、これどう……？」

「んあっ、あああ！　すご、深い、ふか……っ」

細い足を持ちあげ、肩にかけて揺さぶる。斜めに絡んだ状態で、奥の奥までいれる。前から、うしろから、横から、粘膜がもっとも深く絡んでこすれあう全部の状態を試し、思いつく限りの形でセックスをした。

「けんちゃ……も、やだ、それや、いやっ」

我に返るころには、本気で泣きじゃくる颯生が「もう、やだ」とかぶりを振っていた。しかし奥の奥までぶつけるように挿入した謙也自身は、貧血を起こしそうなくらいにマックスに高ぶってしまっていて、もうどうにも、しようがない。

「ごめんね、颯生。出したら、ちょっと落ち着くから……」

「って、だっても、もうっ、さっきもそう言って、出っ……あっ、やだやだ、やだ！」

「待って、いまいく、出るから、ねっ……ね？」

身体をぶつけるようにして深く突きいれる。奥まで踏みこんだ瞬間、背筋が溶けそうな快感とともに放ったそれは、颯生の狭い粘膜から溢れ、腿までを濡らしていた。

ベッドに敷いたタオルはすでにぐちゃぐちゃで、そこかしこに汚れがついている。めちゃくちゃに動きまわった証に、颯生の身体はベッドに対して斜めに横たわり、片足は床に力なく落ちていた。

ぐったりした颯生はぴくりともせず、そのくせ謙也を含んだ場所だけはうねるように痙攣していて、このままだとまた求めてしまいそうだと思った。

「颯生、あの、だいじょうぶ？」

「……っふ、あん！」

声をかけながら引き抜くと、ぶるっと震えた颯生はあまったるく声をうわずらせた。脱力している身体をそっと抱きかかえ、どろりとしたものを溢れさせる腰のしたにタオルをあてがう。拭うだけで過敏になった身体にはつらいのか、ひきつるような息をしながら、ぽろぽろと颯生は涙を流していた。

「ひどい、けんちゃん」

「ご……ごめん。やりすぎた。ほんとにごめん！」

さすがに血の気が引いた謙也が土下座せんばかりに謝ろうとすると、弱い力で腕をぱちんと叩かれた。ひくひくと喉を鳴らす颯生が、じっとこちらを睨んでいて、もうどうすればいいのか、と謙也は内心うろたえまくる。――だが。

「俺、まだ、なのに」

「……え？」

泣き声でつぶやいた颯生が、謙也のまえで膝を曲げ、しどけなく脚を開く。おそろしく煽《せん》情《じょう》的なその光景に目眩《めまい》がしたけれど、続いた言葉はさらに謙也の脳を破壊した。

「なんで抜くんだよ。ちゃ、ちゃんと、いかせて」

「だ、だって、やだって」

「そっちじゃないっ」

力ない腕に引っぱられただけで、あっけなく謙也は颯生へと倒れこんだ。ぎゅうっと抱きつかれ、ようやく彼がなにを「やだ」と言ったのかがわかる。

さきほどは、身体の接点が挿入した箇所と、摑まれた脚のみだった。快感は激しいかもしれないけれども、颯生の好きなスタイルではない。

「……だっこ？」

抱きしめて問いかけると、顎を引いて睨まれた。「チューも？」と笑って唇をつつくと、目を伏せて背中に腕をまわしてくる。ぺたんとくっついてくる無防備さに胸がつまって、謙也は長く深い息を吐いた。

（あー、やっとだ、もう）

――俺、自分で言いますけどわりと恥ずかしいあまったれかたしますよ、濃いいですよ？

つきあってくれ、と頼みこんだとき、颯生はそんなふうに自己申告したくせに、なかなか『恥ずかしいあまったれかた』をしてくれなかった。

口説いて、押して、ついでに押し倒して、めげずにあまやかし続けた時間がようやく実を結んだのだと思うと、身体が浮きあがるほどに嬉しい。

「けんちゃん、はやく……」

「ん、お尻あげて」

胸をあわせたまま、腰だけ浮かせて押し当てる。とろとろになったそこは、あたりまえのように謙也を欲しがり、迎えいれて離すまいとしがみついてくる。目をじっと見たまま奥まで挿入すると、苦しそうに一瞬閉じたあと、なかと同じくらいにとろけた目が謙也を見つめていた。

「きもちいい？」

しっかり抱きあっているせいで、動きはあまり激しくできない。それでも、この表情を見れば、問いの答えなど訊かなくてもわかる。そして謙也自身も、充分に満ち足りている。

左の薬指、根元にあるリングを唇に押し当てると、ちいさく舌を出して彼が舐める。お返しにピアスをそろりと舌でいじると、「くふ」とかわいい声であえいだ颯生が仰け反った。

激しくても、やさしくても、颯生はぜんぶ受けいれて、謙也にも同じだけのものを返してくれる。

「くそ……ああ、もお、好きだ、好きだ好きだ好きだ、大好きだっ」

思わず叫んで、ぎゅっと抱きしめて、求めあってキスをした。

身体だけではなく、世界の大事なすべてに捧げた、そんなあまい口づけだった。

＊　＊　＊

五月を迎え、新人の研修と通常業務の併走でばたばたしていた日々も終わるころ、謙也と颯生は無事に新居へと引っ越した。

祥子は派遣さきにいい男がいないらしく、誰かいないか、と年中謙也へと愚痴《ぐち》を言う。元彼と友人になどなったことがないと言っていたわりに、完全に『おともだちポジション』となった謙也に、まめまめしく連絡をいれてくる。

ひさびさに用事もない、初夏の休日の真っ昼間。暇だと電話をかけてきて、二時間あれこれわめき散らした祥子との会話をどうにか切りあげると、謙也はぐったりとテーブルにへばりついた。

「元気になったのはいいけど、うざい……」

急ぎの仕事があるとかで、同じテーブルにノートマシンと書類を広げていた颯生は「あははは」とおかしげに笑う。

「三橋颯生さん。笑いごとじゃないんですけど」

「振りまわされてるなあと思って。ていうかほんとに祥子ちゃん、元気だよね。俺にもまったく同じ内容のメール、昨日よこした」

「うげえ」

くすくすと喉を鳴らしながら、最近、パソコンを使うようになってから視力が落ちた颯生は、細いフレームの眼鏡を押しあげた。すっきりしたデザインのそれは、颯生のクールできれいな顔によく似合う。

「あー、颯生さんのめがねもえ……」

「なに言ってるかな、きみは」

うっとり見つめてつぶやいた謙也の頭をはたき、颯生はファイルを保存すると、眼鏡をはずして軽く肩をまわした。

「誰かほんとに紹介してやったら？　祥子ちゃんのバイタリティについていけそうなひと」

「あいつ、好みうっさいんだもん」

あれはやだ、これはだめ、と毎回文句をつける彼女が、じつのところ誰を狙っているのか謙也は知っている。

「うーん……野川さんとかフリーだっけ？」

こて、と小首をかしげてみせる、目下最愛のパートナーは、あのパーティーの夜以来、祥子にロックオンされたことなどまるで気づいてもいない。むしろ、意外に気風《きっぷ》のいい祥子の性格が気にいったらしく、たまに謙也が忙しいときなど、ふたりで食事にまでいっているらしい。

(女は想定外なんだもんなあ。だから無防備なのかもしれないけど)

なんでモトカノとイマカレに妬かねばならんのだ、と微妙な気分になりながら、すっきりときれいな横顔を見つめた。

「颯生ぃ」

「んん？　なに、ごはんにしよっか？」

きょうはどっちが作る？　と暢気なことを言って微笑む、その顔がとてもきれいだった。言葉を発するのももったいなくて、ただじっと眺めながらもう一度「さつき」と声をかけた。

「なんですかー、羽室さん」

緊張のかけらもない、ゆるんだ表情がいとおしい。「ん？」と首をかしげるくせも、揺れる長めの髪も、そこに隠れた謙也のためのピアスも、すべてがきらきらして見えた。

「おれ、幸せ」

頬杖をついてつぶやくと、颯生は目をまるくする。

そのあと、やわらかく、あたたかく、どこまでもやさしい目をして、謙也の指輪をそっと撫でた。

あとがき

どたばた社会人カップルの読みきり連作だった不機嫌シリーズ、「不機嫌で甘い爪痕」、「不条理で甘い囁き」に続きまして、書き下ろしの三作目となります。一応読みきりですので、これ一作でも話は通じると思いますが、よろしければ前作もご一緒に。

そして、今回にて謙也と颯生のお話は、一応の完結です。

第一作目を雑誌掲載作として書いたときは、短編連作としてこんなに書くとは思ってませんでした。二冊目のあとがきでも書きましたが、同一カップルで一〇〇頁前後の中短編を、こんなに続けて書いたのははじめてでした。

今回が初の文庫書き下ろしだったのですが……すでに四本もエピソードを連ね、しかも主役ふたりの性格が基本的に穏やか。とくに事件性もないラブカップルという状態で、五作目にして長編。一応、これでラストと考えてもいたので、大団円にしたいとは思いつつ、すでに痴話げんかもしちゃっているし、横恋慕もあったし（笑）。わりとイベント的にはこなしているので、ラストにふさわしい話ってなんだろう？　と、ちょっとだけ悩みました。

しかしながら、このひとたち第一発目からコメディで、自作中もっともラブ度は高いカップルのひと組と言えます。なので、こうなりゃ徹底的にいちゃいちゃさせよう！　と決め、ついでにかつて顔出ししたキャラや、存在だけだった謙也のモトカノちゃんも引っ張り出して、コメディらしくどたどたばたばたさせてみました。

宝飾業界については九十年代の終わりとともに業界から遠のいたので、あの当時の記憶にくわえ、まだ同業界に残っているひとからちらほらと聞くこぼれ話や、ニュースほかで得た情報を、毎度のごとく嘘を混ぜ混ぜして描いています。雰囲気だけ味わって頂ければ……と思いますが、書きながらふと、「昔は棚卸しだの決算って、電卓と台帳抱えてやってたなあ」などとしみじみしてしまいました。初稿を読んでくれた友人も、同じような記憶をよみがえらせたらしく、「会議室缶詰とかよくあったよねえ」と笑ってみたり。自分が会社にいた当時もコンピューター管理になってはいたのですが、やはり古い書類や催事関係は手書き伝票だったので、謙也のように深夜まで残業しておりましたのもなつかしい思い出です。

じつは、作中で颯生が謙也に渡したリングのデザイン、カットの小椋ムク先生に「こんなのでしょうか?」と問われ、うまく説明がつかずにイメージスケッチを描いて渡したんですが……小汚いラフをお見せすることになって、小椋先生には大変失礼しました……。

十年ぶりくらいに描いたデザインラフ、絵がまったくまともに描けない自分がいて呆然としました。まあ、もっぱらパソコンで文字を打つ日々で、鉛筆握ることとすらないのですが。

謙也がちょこちょこ参加している催事ですが、会社員時代、それこそ受付をさせられたことがあります。小規模なもので、都内某所の超がつく高級レストランで行われたそのとき、わたくしはお客さまのコートを預かってはかけ、帳面に記帳して頂いては微笑んでおったのですが……季節は二月の真冬。受付は吹きっさらしの入り口ドア横。毛皮のコート着て出入りするセレブさま相手に、スーツオンリー防寒具暖房ろくになしで丸一日、顔面に鳥肌を立てていたという思い出があります。途中寒さのあまり意識遠くなり、部長に「寝たら殺すぞ」と言われ、「いっそ殺してっつうか風邪ひきます」と笑ったまま殺気だって口答えしたのに、丈夫なわたしは風邪もひかないで翌日ちゃんと出勤したというせつなさでした。

さて、グダグダ話を綴っておりましたあとがきも、枚数が残りすくなくなってきました。シリーズを通して三冊、かわいらしくも色っぽいイラストで飾ってくださった小椋ムク先生、本当にありがとうございました。色々ご迷惑もおかけいたしましたが、血統書つきわんことツンデレにゃんこ、といった感じの謙也と颯生、毎度ラフもたくさん切って頂いて、眺めるだけでも楽しかったです。この本のカット完成品はまだ拝見してませんが、個人的に、「不機嫌～」収録の台所に立っている謙也にほよよんとお花が飛んでいるシーンが、とてもお気に入りです。また機会があれば、よろしくお願いいたします。

毎度の担当さま、今年こそはよい子に……と思った年頭から、情けないていたらくで申し訳ありません。無事に本が出るのも、担当さまのおかげです。本年も、お見限りなくよろしくお願いいたします。

これも毎度のチェック協力、RさんにSZKさん、それから同時期進行だったシナリオにも協力してくれたSさんに冬乃、Tさんも、本当にありがとうございました。


この本が、二〇一〇年の崎谷一発目の刊行物となります。今年の前半は、過去作の文庫化で大変なつかしい本がいろいろ出ますが、後半にはシリーズ続編や書き下ろしがまたどっかり待っています。

〇八年の腰痛から、仕事がかなり押していたのですが、幸いにして前倒しスケジュールに戻せてきたので、これが狂わないように頑張って書いていきたいと思っています。

ここまでおつきあい戴いた読者さま、二〇一〇年の崎谷もどうぞ、よろしくお願いいたします。

✦初出　不謹慎で甘い残像……………書き下ろし

崎谷はるひ先生、小椋ムク先生へのお便り、本作品に関するご意見、ご感想などは
〒151-0051 東京都渋谷区千駄ヶ谷4-9-7
幻冬舎コミックス　ルチル文庫「不謹慎で甘い残像」係まで。

RB 幻冬舎ルチル文庫

不謹慎で甘い残像

2010年2月20日　第1刷発行

✦著者　崎谷はるひ　さきや はるひ

✦発行人　伊藤嘉彦

✦発行元　株式会社 幻冬舎コミックス
〒151-0051 東京都渋谷区千駄ヶ谷4-9-7
電話 03(5411)6432[編集]

✦発売元　株式会社 幻冬舎
〒151-0051 東京都渋谷区千駄ヶ谷4-9-7
電話 03(5411)6222[営業]
振替 00120-8-767643

✦印刷・製本所　中央精版印刷株式会社

✦検印廃止

ISBN978-4-344-81900-9　C0193　Printed in Japan

本作品はフィクションです。実在の人物・団体・事件などには関係ありません。